讓我在
你心房安居

The Passage
of
Time

沈希默 著

我曾經在身後暗藏了整個世界，
你卻願意從背後環抱我的隱晦。

讓我在你心房安居，
花開荼蘼也不遲疑。

我們都是沒有形狀的，所以不用擔心被
定義，不用害怕那些都不是你。
那些全部都是你，包含沒有外顯在世界
上的一切，通通都是你自己。

不要害怕，除了你以外，
沒有人得以完整地定義你。

明明渴望擁抱眼前的人，
卻又掌握不了自己的方寸。

有時候告白不是為了得到對方的應許，
而是為了告別。

以為自己已經走得夠遠了，

回過頭才發現，

還沒遠到能抹去所有對你的憶念。

你曾經是我的原型。
我所有的拐彎抹角、我的意有所指、
我的弦外之音。

♡ ◯ ◁

我這麼脆弱啊，

相信你的時候，

就是在默許你可以傷害我。

我只是想要活成自己喜歡的樣子而已，
不成為誰的洋娃娃，
但成為一個有靈魂的人，
如此罷了。

♡ ○ ◁

有的人看似完好無缺，
內心卻已經四分五裂。

是我。四分五裂的是我，
我感覺我被狠狠撕裂了。

我也只是陪你經過那段路程罷了。

再多，還是免不了得分頭了。

輯一 / **你** 的名字

始終是扎在我心上的一根刺

有些人想忘忘不了，
有些手想要抓緊卻總是錯過，
有些事我想要記得卻被時間的洪流劫走，
有些愛我想要給卻拿不出手。

輯三 / **他** 捧著

源源不絕的溫柔找到了我

來自身邊人們的愛將我緊緊地包裹，
即便仍然不夠好，卻一直被各方的溫
暖所惦記著，何德何能。

輯一

你 的名字

始終是扎在我心上的

一根刺

有些人想忘忘不了，

有些手想要抓緊卻總是錯過，

有些事我想要記得卻被時間的洪流劫走，

有些愛我想要給卻拿不出手。

只是
一場雨的
關係

雨裡，與你

1　凝結

　　該從何說起呢。關於那一場我甘願淋上整個青春的雨。躁動的夏季、如注的梅雨、怦然的心緒，在燠熱的時節裡，逐漸壯大、凝聚，化作千姿百態的雲朵，緩慢朝你靠攏。

　　其實最一開始我不知道會下雨，就像最一開始我不曉得自己會對你傾心。是烏雲的團聚造就了雨，是你的靠近成功吸引了我的注意。讓我情不自禁地將所有對你若有似無的心緒都凝結成了雲，痴痴地等待落雨的時機。

　　　　　　　　　　　　　　　　讓我在你心房安居

2　降水

從你開始，所有關於雨的想像都浪漫無比。

走向校車的路途開始飄雨了，我慢條斯理地從背囊中掏出雨傘，忘了帶傘的你瞅著我的動作，紳士而靦腆地問我：「我有這個榮幸和你撐同一把傘嗎？」我羞赧地笑了笑，沒有說話，只是默默地湊近你的身旁，把傘拿到適合我倆的位置。我為你擎著雨具，你卻握住我整顆心，多不公平。

那場雨就這麼不偏不倚地打溼了我荒涼的心。

一時之間不習慣這麼靠近的氛圍，我察覺到自己的內心波涌雲亂，隨後我們竟然迎來了鮮見的沉默，只見你張望四周，識相地說：「我們還是先不要這樣好了。」

你總是那麼聰明，可是你明白嗎，聰明同時意味著狡猾。你太狡猾了，始終用一種舒服的方式討我喜歡，讓我打從最初，就輸得一敗塗地。

好巧不巧，雨勢漸歇，我們拉開距離，你順勢走出我的傘下，我繼續持著傘，心中五味雜陳。有時你的體貼讓我們離得好遠。說不上來是失落還是心動比較多，只覺得心臟撲通撲通，相當不受控。

我沒有問你，那麼多女孩都隻身帶傘，為什麼偏偏是我？

3　逕流

那日之後難以自拔地愛上了雨天，絲毫不管你是不是一向如此善於撥雨撩雲。如果說，這份關係是場戰役，那麼這場仗就是我甘心輸的局，原因無他，只因為對手是你。打從最初，我就沒奢望過勝利。

只要天空泫然欲泣，一副將哭未哭的模樣，我就暗自祈禱今日來場驚天動地的傾盆大雨，恨不得雨季永不停歇，而你的傘恰好又消失不見，再順理成章地朝我走來。

說穿了，我喜歡的是你，無關晴雨。

　　　　　　　　　　讓我在你心房安居

那陣子偶然與你分配到同一台校車，而你刻意地選了我左側的位子坐下，我倆靠得很近，那是我第一次明白心動具體的軌跡。不是透過電視劇或電影裡煽情的台詞或情節，就只是單純地享受著與你肩並著肩、腿靠著腿的時光而已。興奮之餘，夾雜著一點緊張、嘴硬、詞不達意的心情，故作姿態把你推開，卻還是偷偷用餘光期望你能回來。

　　其實我也不曉得什麼是喜歡，才總是小家子氣地測試你對我的鍾愛，一邊假裝滿不在乎，一邊竊竊希望自己是特別的，是被你眷顧的。

　　朋友們見狀，在後頭鼓譟了起來，起鬨著我倆的關係，可你依然如斯聰明，向來不正面回答一切問題，只是笑著，然後用那個溫柔似水的目光盯著我，教我如何承受。

　　大概是最甜蜜的流光。那陣子回家，我都會告訴自己，再想你一下就好了，不能再更多了。三更半夜躺在床上，卻滿腦子都是你今天的所作所為。

　　其實我從沒真心熱愛過那裡——那所學校、那台校車云云——我喜歡的都是附著於其上的記憶。那陣子總是

祈禱能與你同車，共同搭上一段路程。一次你帶了包糖果來，笑盈盈地對我說，裡頭只有一顆是心型的，格外珍貴。我任性地說我要獨吞唯一的一顆，不確定你有沒有猜到我的意思：其實我並不是多想吃那顆糖，我只是指望我不一樣，僅此而已。只在你面前任性，只對你微微地嬌嗔，都是我欲蓋彌彰的喜歡。

結果你搖搖頭，溫柔地拒絕我，說道，不然我們一人一半。

於是我順水推舟，一副心不甘情不願地答應你的提議，實則根本掩不住自己的滿腔歡喜。早已不記得那顆糖味道了，卻忘不了當時喜孜孜的甜是如何讓我的雙頰染上緋紅的印記。

到頭來始終都是你。是你滋潤了我原先的乾涸與貧瘠，擁抱了我起初的頑強與乖戾，自此我心田的每一吋土地，都有你撫觸過的痕跡。

4　蒸發

後來在那台校車上，即便在內心排練了無數次的我，依然沒有勇氣向你揭開我最終的謎底。最終什麼也沒說，就這樣紅著臉讓你下車了，當時我不知道自己錯過的究竟

是什麼，也說不上來後悔不後悔，遺憾不遺憾；可神奇的是那次之後，我們再也不搭同一台校車，也再也不是同路了。

其實我也只為你撐過一次傘。後來陸續為身旁慌慌張張淋雨的人撐過無數次傘，卻沒有一次像從前那般，被心動撞個滿懷。

我的傘下有了各式各樣的人，可愛的瀟灑的靦腆的健談的──唯獨沒有你。於是每次，我撐的都是雨天，想的都是你的笑顏。

知道嗎，我從不喜歡下雨天，我喜歡的是你在我身邊。

即便爾後替你打傘的人不是我，我也由衷愛著那場盛夏的大雨，讓我們齊肩漫步在水氣氤氳的朦朧裡。

而我真心相信，沒有我替你打傘，你也會平安。

深深淺淺的情愫伴隨著雨一同蒸發，輾轉溶進了空氣。哪怕不能親眼目睹，我也敢肯定，它們未嘗消逝，仍舊盡責地穿梭在你我日後的每一場雨裡，只不過我們都認不得了而已。

5　凝結

我也只是陪你經過那段路程罷了。

再多，還是免不了得分頭了。

闊別多時，我意外瞧見你在限時動態上張貼了豪大雨特報的消息，扼腕地打上自己沒有攜帶雨具。我心頭一緊，沒想到你還是一個樣啊，依然冒冒失失地容易忘記。你可能還是一如既往吧，不曉得這次你會貿然地闖進誰的傘下，再不小心地誤入誰的心上。

此際我無端地憶起了這件小事，想確定自己是否留存過你限時動態的相片，卻發現手機裡有九千八百五十八張截圖，在近萬張的照片裡，我竟然一點也不想找到你。

幾年後我去了日本，在架上看到那包熟悉的糖果，吃起來酸酸甜甜，像曖昧中的戀人，亦像當時的我們。

互相揣測彼此的心意有多深，頻頻的試探卻又點到為止，我們禮貌地在原地打轉，沒有誰先向前跨出一步。

是啊，站在這根好不容易不再搖晃的平衡木，是要人如何跨出那危險的一步？

後來我依舊買下了架上那包糖果，可不同的是，如今那包糖裡，每一顆都是心型的了，不僅沒什麼過人或特別之處，也不會再有誰與我爭搶了。

我已經不特別了，你也是。從前的歡樂，而今的苦澀。

從前我不喜歡雨，只喜歡你。
現在我既不喜歡雨，也不喜歡你了。
「你還是一個樣啊。」
「不，我已經不喜歡你了。」

這場雨終究是下不成了，那些未曾言明的喜歡都分散地被捲入了平凡無奇的日常裡，偶爾它們會凝聚成鬱結的雲翳，卻徹底喚不來一場盛大的雨季，而我也知悉，即便降雨，昨日的心情也已不可同日而語。

每個人心底大致都愛過一個不屬於自己的人，他的愛永遠是自由的，沒有人能抓住他的身、他的心，而你的世界卻總是圍繞著他轉個不停，日夜不止息。

光是愛著，就是一種自傷。你會自虐地想用極端不成熟的方式示愛，將愛包藏在婉曲的言詞之中閃爍，假裝自己不在乎他，不介意失去他，待及他確實如你所言地離開了，頭也不回；才發覺這壓根不是你想要的結果──卻再也來不及了。

　　　　──不獻給誰，僅獻給我的不勇敢。

　　　　　　　　　　　　　　　　讓我在你心房安居

像魚，向隅

0

在你的溫柔海域，我是被你遺忘的魚。

1

後來我是這麼形容你的——那個沒和我談過戀愛的人，卻遠比所有戀愛深刻。

以為自己已經走得夠遠了，回過頭才發現，你的身影仍長存我心尖。

2

隨意地播放一部電視劇，看著看著竟覺得男主角的神情好像你，就連笑起來的樣子，皆和你如出一轍。

小學時曾短暫地在一間補習班待過。由於暑假冗長得太過窒息，母親説好説歹將我送去了補習班，想將那些空餘的時間有意義地被消化。時至今日，學習的內容早已被我忘得一乾二淨，記憶長廊裡的人事物景來來去去，唯

獨那個短暫同桌的男孩，始終被留在原地。天知道他就這麼出乎意料地闖進了我的生命。

　　他的手上有一條長而明顯的疤痕，上頭貼著人工皮，穿著附近國小的制服，笑起來靦腆中帶了點調皮，活脫脫就是個國小男生會有的樣子。幼時的我不僅不擅長與異性打交道，也特別怕生，自然是不願與鄰座的他有任何交集的。可他似乎並沒有打算放過我，竟然自在地開始把玩起我的鉛筆盒，正大光明地侵犯我的領域，明明當時素不相識，他倒是自得其樂地笑得開懷，幼時內向羞怯的我忍不住皺起眉頭，心想這人也太無理，憑什麼能隨意動人東西？

　　那次之後就再也沒有遇過這個人了，再過不久，我也離開了補習班。

3

　　那段記憶就這樣船過水無痕地流過了好幾輪春夏秋冬。直到國中開學的第一天，因為校車遲到的我很晚才踏入教室，默默坐在邊角的位置，往講台的方向看，越過一個男生，望向老師的時候，登時覺得那張側臉有些眼熟，像是在很久以前便已有過邂逅。把腦中每個房間都檢查了

一遍，還是想不起來對方到底是誰。也罷，令人遺忘的，大概就是不夠重要吧。

4

直到某次在演藝廳聆聽演講，那是我第一次與你說上話。與共同好友一起聊天的時候，我發現你手上的疤已經不再貼著人工皮了。疤痕變得淺了許多，卻還是不妨我認出你。原來是你。我想起來了。

向你提及這件事，你驚訝地說：「真的嗎？原來我們見過嗎？」我詳述了那次相遇，只見你露出一副似懂非懂的表情點頭，我也就笑了笑，反正說到底也不是多重要吧。

就像這麼多年過後，我還在這裡寫下我們那些未經證實、未經雙方同意的感情。不過這次你不需要知道了。你永遠都不要知道。

5

慢慢變得交好的過程中，我確定你是那種不能靠近的人。對誰都好，對誰都露出燦笑，我清楚自己和你始終是不同世界的人，所以從沒想要打擾。可是你卻像小時候

那樣，不請自來地逼得我不得不正視你的存在。

打掃的時候我們被分配到靠近的區域，才發現我倆有許多共通的話題、重疊的興趣，或者說，也許你一直都熟稔於觀察他人的需求，討對方歡心。我們一樣喜歡日本，後來甚至有一段日子，你很喜歡我鍾愛的卡通人物。可是儘管如此我還是希望保持距離，因為你總是如魚得水地穿梭在人群，我不覺得你會喜歡我。時常忍不住在心裡暗忖，可以的話，希望你不要靠近我。

直到有一次，我們一行人一起去了某位同學家中討論活動，當時眾人圍了一圈，開始聊起了八卦。他們直截了當地問了你，是不是喜歡我。只見我賣力地搖頭，希望你能替我斬斷我們之間漫漶的流言蜚語。可是你只是看著我，然後給了我一個羞澀的微笑。

眾人見狀一片哄然，復追問：「還是是朋友以上、戀人未滿的關係？」你仍舊掛著那個讓人傾心的微笑，圍觀的群眾像是抓到了令人欣喜的獵物一樣，放過了我們。那天的後來，只要一個人待著，我就頻頻憶起那個片段，忍不住認真地想探詢你心中的正確答案。

明明先前覺得自己不會喜歡上你的，為什麼就是愈發在意了起來呢？

6

後來我們的關係愈來愈狎暱，你總會「剛好地」在校車上和我坐在隔壁，我們之間的距離近得我可以感受到我倆的大腿幾乎靠在了一起，對於不習慣肢體接觸的我，那已是我所經歷過數一數二接近的距離，你的積極幾乎讓我慌了手腳，但不知怎地，我的內心依然瀰漫著遲疑。

你甚至會在出國旅遊時替我留意我喜愛的卡通人物，在經過時拍照給我，甚至用了和我雷同款式的鉛筆盒。

身為當時班上唯二會說日文的人，你會在老師詢問「喜歡」的日文怎麼說之時，在眾目睽睽之下看著我說：「好きです。」正當我稀鬆平常地點頭確認你的回答正確無誤時，只見眾人各個發出嗅到八卦的驚呼聲，你還是面不改色地對我微笑著，那一刻我只慶幸我們的座位隔了幾排之遠，好讓我掩護自己已經轟隆作響的心跳聲。

我問了全世界，大家都說，不喜歡我的人才不會這麼做。可我們還是什麼也沒做，沒有告白，沒有更進一步，就繼續呆呆地杵在原地。

後來一次運動會預演，氣溫忽然來到低點，僅穿著單薄短袖的我回到了教室，經不住寒意，聽著你和附近的同學討論著手掌的溫度，我竟然也狡猾地伸出手，希望能

趁機和你變得靠近，你自是沒有拒絕，那是我第一次握你的手。大概自顧自地喜孜孜了好久。

7

一次長假，我們偶爾會傳訊息聊天。你一如既往地善於傾聽，溫柔得讓人難以忍受。我時常一股腦兒推薦你好多當時喜歡的歌，而你從不打馬虎眼地略過那些曲目，總是仔細地聆聽，再與我分享心得。害得當時的我就這樣陷溺在你那片一望無際的溫柔海域，怎麼喚也喚不醒。

不曉得你還記得嗎？忘了原因為何，總之當時大家都說我像魚，我也就欣然地接受了這個綽號。現在思及此，我才意識到，或許我也像你的其中一條魚。儘管我不會游泳，在你身邊我仍像如魚得水般快活。好像我們天生就該待在一起。然而我卻忘了，大海從來不會獨鍾一條魚。在你的世界裡，我充其量只是仰賴你維生的百分之一。

或許這就是緣何我無法確認你的心意。即使全世界都告訴我，那些證據指向你喜歡我，我始終不敢置信；遑論我連自己的心意都搖擺不定。一直到聽見了西野加奈的〈喜歡〉這首歌，我才懂了自己的心。

歌詞是這麼唱的：

想和你分享我看到的美景／

想讓你聽到我近期的愛歌／

說出口大概會被你笑吧／

但我發現自己早已喜歡上你了

在那之後，未嘗搞懂「喜歡」這份心情的我，突然渴望認真地將自己的情感傳達出去了。那是我生平第一次，有了想告白的意念。暗自決定下次在校車上，當你坐在我右側時，我要你戴上耳機，然後把這首歌送給你，希望你能明白我繾綣的心意。

8

在腦海中預演了好多次，輾轉反側了無數個晚上，卻在那天聽見了謠言，說你喜歡的是別人。在還沒有親自確認事情的真偽之前，我竟然就率先斬斷了這段緣分。收起了耳機線和當時小小台的手機，甚至在你對我說話時，置若罔聞。你察覺我的異狀，甚至對我唱起了那首曾經向你推薦的音樂，無奈我依然充耳不聞，什麼也沒說。於是你就這麼落寞地離開了。時至今日，我其實不太能分辨當

時的自己究竟是憤怒、傷心還是失望比較多，只知道大抵就這樣了。我們就要沒關係了。

是你開始的，那就由我結束吧。

9

依稀記得往後你不喜歡我最愛的卡通人物了，我仍舊為此痴迷著。數年後我重新系統化地學了日文，除了喜歡和討厭，也學會了漠不關心跟滿不在乎。你已經不特別了，我也是。偶爾我慶幸自己最終什麼也沒有失去，沒有失敗的告白，也沒有難堪的心碎。在後來關於我青春的歷史之中，你是我矢口否認卻昭然若揭的祕密，是稗官野史記載的街談巷議，過去曾經的怦然也只能被暗藏心底。儘管鮮為人知，拿出來輕輕賞玩緬懷時，依然不減其繽紛美麗。

想起來會笑、會哭、會懷念；但，我不想回去了。

10

以為自己已經走得夠遠了，回過頭才發現，還沒遠到能抹去所有對你的憶念。

　　　　　　　　　　　　讓我在你心房安居

失去，詩句

1

中學的時候，周杰倫的〈手寫的從前〉剛上架，因著父親的耳濡目染，我也聽見了這首歌。裡頭有一句歌詞是這麼唱的：「這別離被瓶裝成秘密／這雛菊美得像詩句。」明明聽了許多遍，卻始終以為歌詞是在說：「這雛菊美得像失去。」還以為失去是在落葉紛飛的季節裡從手中溜走的葉片，是從金黃過渡到枯萎的時節，還有閒情逸致走馬看花地欣賞一地狼藉的美。

2

或許每個人都會有一段為賦新辭強說愁的年紀吧。當時的我是個熱衷文藝、多愁善感的青春期少女，總是會在課間拿出紙筆抄寫歌詞，讓自己凌亂的心事藉由歌詞和盤托出，好巧不巧卻被你給看見了。你和我身旁的同學七手八腳地爭搶著我信手寫下的紙條，再一同仔細地端詳。

此際我早已彆扭得漲紅了臉，卻又佯裝正經地說：「那只是歌詞而已，你們不要大驚小怪。」大概是從那時

起，我學會寄情於歌詞，尋找自己心緒的寄託，假裝那些都不是我，但事實是，那些字字句句都在代替我開口說出那些未曾開口的情愫。

是什麼時候決定好要失去你了呢？這個問句大概會讓你很困惑吧，為什麼失去你是我的決定。大概是從計畫要對你坦白的那一刻起，就是我失去你的原點——只是當時我壓根沒有察覺而已。

3

離家以後久違地返回往昔住了許久的房間，坐上熟悉的位置，竟莫名地想起了那封破碎的信。

明明早已遺忘信件具體的內容了，卻還是記得那個茶色的信封與上頭煤黑色的墨水，一字一句都默契地往表白的邊緣靠近。

然當時發生了什麼已然不可考，而不爭的事實是，那封信最終成為了絕響。或許是發現我沒有自己想像地那般珍貴，抑或是意識到自己沒有勇氣面對這道非黑即白的是非題……摻和著衝動、自卑與傷悲，我將那張飽含懇切心意的筆跡，毫不留情地撕碎了。

雖然後來還是在你生日時遞出了一封信，但那些情

感早已被揉捏過千百回，直到確保內容被修飾得索然無味。

　　僅剩下絕對平淡的口吻，以及不慍不火的、稀薄得無法感知的在意。但其實對彼時的自己來說，那仍然是趨近於告白的肺腑之言。

　　我不知道你有沒有接住我的暗示，只記得你看完了內容以後，似乎對我又更體貼了些。可是這不代表什麼，你本來就是溫柔的人。太過溫柔的人，是永遠無法讓人佔有的。

　　你會和我分享你的祕密，塑造一種只有我倆知情的親暱。你甚至會將食指放在嘴脣邊，揚起爽朗的微笑要我替你保守祕密，教人怎麼不答應你。

　　但儘管如此，我依舊無法參透你的真心。

4

　　後來的故事就是我們都沒有再往前了。連同我記憶裡你最溫暖的樣子，那副耳機、那首歌、那場雨云云，都留在那裡了。

　　那句喜歡到了嘴邊卻執拗地被嚥了回去；那首情歌本來是我期望向你坦承的全部，卻被按了暫停。奈何我如

何隱晦內斂地暗示，你都讀不懂我的欲言又止、我的支吾其詞，僅疑惑著我當時異常怪異的行為舉止。渾然不知自己正在錯過什麼——或者有沒有可能，你選擇假裝自己什麼都不曉得？

我在心裡勾勒一幅你的樣子，想告訴你，在我眼中的你，是多麼令人傾心，卻在最後一筆畫的時候，不經意地弄丟了那枝我分外寶貝的筆。

於是遺憾是尚未完成的落款。

事隔多年，只有我認得出那份喜歡。

5

確認回頭已不會輕易地巧遇你之後，我終於敢慢慢地吐出一點與你的回憶了。良久良久，我總在共同朋友面前三緘其口，因為我知道我們之間本就什麼也沒有。見證我們的，或許只有那場盛夏的大雨、那幾次看似親密的鄰座記憶，以及每次心照不宣的默契。

我甚至沒有名正言順值得悲傷或想念的理由，
因為我們什麼也不是。

不久之後我開始寫作，連我也沒留意到，你其實成為了我筆下第一則故事的謬思，待我重新翻閱時，才想起來，那好像你啊。

原來我故事的原型，是你。

不再輕易想起你的時候，你就會以各種形式重回我身邊。你的名字會出現在疾駛而過的車上，你的身影會出現在母親的社群帳號上，甚至你會降臨在我的夢裡，無所不在地入侵我的生活……過了好久好久，我才想起，我寫過你，在那些朦朦朧朧的夜裡，我其實仍在默默地悼念這份感情。

後來我成了文學院的學生，以為你會在隔著一片海洋的地方就學，我倆早已不必再續前緣，我也不必擔心會讓你撞見我灰頭土臉；可是開學典禮的當天，正當我坐在

看台上等待活動開場時，竟然親眼看著你從前方的小徑路過。登時我的笑臉硬生生地崩塌，猛然睜大雙眼，難掩內心的波濤洶湧。居然是你。怎麼可能是你。那個曾經令我夜不能寐的人，現在直挺挺地從我面前經過了。

曾經走得那麼決絕，死命地相信我們的故事不會再有新起的段落，才讓我安心寫下一篇又一篇的文章，只為了與記憶中的你訣別。

可你卻又猝不及防地闖入了我的世界，像小時候那樣，無理又蠻橫，卻讓人拿你沒轍。

6

某天在課堂中學到了一個詞，叫做 prototype，意思是原型。

前一秒還在恍神看著窗外的風景，後一秒聽見老師說，這在文學作品中，可用來表示作者是以何為原型而打造出這個角色的，我猛然回神，想起了記憶中好多個片段。

或許人喜歡的意象最終都有所指涉吧。就像那部電影之所以讓我墮淚，其實有個更深層的涵義。它有一個完

整的輪廓，有一個在暗處的答案，那個人也許再也不會見到了，但他曾是我的靈感、我的謬思、我寫下去的動力、我曾經的每一個呼吸⋯⋯。

你曾經是我的原型。

我所有的拐彎抹角、我的意有所指、我的弦外之音。

7

在經歷了不少人世兜轉後，我幾乎可以肯定人與人之間，彼此感知到的事多半是互相的；可是啊，唯獨你，是我不敢篤定的終局。因為無緣見證那份心意的了結，遂不算善終。平行世界的那份感情尚未死透，才讓我無法為它蓋棺論定當時的功過。

8

賦歸的那天晚上閒得發慌，我在家繼續整理筆記，甚至瞧見你在我的筆記本上留下的足跡。能讓地域性很強的我交出自己珍愛的筆記，想必我們也有過一段脣不離腮

的日子吧──雖然這份記憶恐怕也都要還給時間了。

離開那段若有似無的感情許久，我留下了好多好多想寄給你，卻永遠不會送出的文字與詩句。長大以後的我才懂，失去一點也不美啊，更多的是狼狽。是整個冬天漫長的雨和天黑，是發霉的心和腐爛的靈魂，是滴滴答答的淚。

記得〈手寫的從前〉最後一句這麼唱道：「當戀情已走遠／我將你深埋在心裡面。」不知道為什麼，每次我都覺得他其實是在唱：「當年輕已走遠，我將你深埋在心裡面。」我不想許這麼沉重的諾言，只希望年輕走遠的時候，你我的回憶早已化作一縷輕煙。我可以什麼都不在意地，自在地看著你的眼。

讓我在你心房安居

青春
比時光
易碎

灰色，晦澀

　　我一直都認為自己是灰色的人。在光譜的黑與白之間舉棋不定，總是不敢明確表達自己的立場或好惡──或者我的心裡也沒有一套固定的價值──在群體中擅長隱藏自己的想法，只管先用晦澀的言語包裝，總之不管三七二十一，先點頭附和再說。種種低調的特質讓灰色其實不太會被討厭，沒那麼容易被弄髒，只是當然也不怎麼被記得。因此灰色的人被注視的時候，往往會讓自己染上一點赧顏的紅；被盛讚之時，第一個念頭永遠會先否認。我是這樣灰色的人：既不夠耀眼也不夠陰暗，在沒那麼絕

對的灰色地帶搖擺，偶爾快樂時往溫暖的一端傾斜，憂傷時再自己躲回闃寂的空間。

灰色的我並不特別。可是你似乎不這麼認為。

故事或許要從開學當天說起吧。

第一堂英文課，老師要求每個人上台以簡短的英文做自我介紹，在我怯生生地說完以後，老師以英文問我：「你有出國留學過嗎？」由於當下實在太震驚了，我忍不住困惑地「蛤？」了一聲，再以中文回答沒有。而後她大力地稱讚了我的發音，我一面害羞否認，又一面忍不住在內心竊喜。

返家以後，就收到了一些貌似是同班同學傳來的交友邀請，當然包括了你，可我壓根不記得你是班上的誰，畢竟我倆座位隔得老遠，而我又不在你們同個學校的圈子，加以認生又羞怯的個性，讓我對你絲毫沒留下半點印象。

你創建了一個聊天群組，透過共同朋友將我加入其中，但其實裡頭的人我沒熟識幾個，一直以來進入陌生環境的我，總是慢熟、害怕尷尬又容易戒備，對於群組聊天，

更是不自在得讓我興致缺缺。你在裡頭不停地提及我，並且各種明示暗示地催促我回覆，種種舉動都讓我在在感到不安。可基於禮貌，我仍會客套地回覆，但更多時候我只希望自己消失，假裝自己不在場，以閃躲困窘的局面。

　　幾天後我終於認識了你，才發現原來就是你一直有意無意地提及我。你開始單獨找我聊天，然而我還是放不下警戒心，對於你的過度積極感到惶恐無比，於是在你連續不斷的轟炸關心以後，我悄悄對你關閉了聊天室，拒絕顯示自己的上線狀態。你卻鍥而不捨地追問，為何看不見我上線。我只好佯裝不清楚，內心卻開始暗暗覺得，這是否太過度了？

　　到了學校，我與前方的同學分享此事，她笑著跟我說，真的呀？然後將眼神飄向他的方向。不記得她究竟還說了些什麼，不過幸好，這招倒是挺管用的。堅持冷淡了你一段時日以後，我想你大抵也識大體地知難而退了。

　　日子清淨了一陣，我開始漸漸地與班上同學打成一片，也多認識了你一點。其實你本性不壞，個性就是典型尚未成熟的中學男生，稚氣未脫。常因為小事和身邊的同學起口角，甚至會直接在大庭廣眾下哭哭啼啼，鬧得大家

通通陷入棘手的僵局；可同時你也很誠懇，還不懂得欺瞞與造作，有時真實得不禁令我莞爾。

而我呢，儘管慢熟，熟悉了以後倒是常常被嫌聒噪得不得了。

你似乎也慢慢摸清了我的性格，知道刻意躁進對我而言只會有反效果，於是也緩下了腳步，而後我開始一點一點升起我的帷幕，不再總是避人耳目，甚至開始忘記開學時你對我的各種反常舉動。我開始能像普通朋友般和你相處，直到那次運動會預演，我才驚覺，事情不是我想的那樣簡單。

那大概是記憶中第一次，我認真地察覺了你對我特殊的情感。粗枝大葉的你似乎在彩排過程中冒冒失失地遺失了自己的隨身物品，而我早已耳聞了你四處探詢的聲音——也許是你太招搖了——然而你還是在我走回教室的路上攔住了我，再次特地詢問我，是否有瞧見你的東西。我禮貌地笑著回覆你沒有，你不自然地搔了一下頭，略帶彆扭地向我道了謝，就逕自往操場走去了。當時陪在我身邊的禾日突然轉頭對我說：「你看到了嗎？你總該發現了吧？都這麼明顯了。」直到那瞬間，遲鈍至極的我，在朋

友的暗示之下，才驚覺自己似乎讀懂了點什麼。

　　明明當時與你不甚熟稔，為什麼，是我？

　　我知道我是灰色的人，你卻獨鍾非黑即白的模樣，就像你喜歡數學，我卻喜歡國文一樣，我喜歡沒有標準解答的作文，你卻喜歡非零即一。

　　我們像兩顆迥異的星球相撞，我不能理解你的粗線條，你讀不懂我的纖細。

　　我知道我是晦澀的人，成天發些你抓不到重點的文，你喜歡魔術，我卻喜歡藏在魔術背後的細膩故事，你說那個故事要花好久時間才能理解，可是你明明是那個變魔術給我看的人。我善於隱藏自己的想法，你卻比誰都開誠布公。我們就像光譜上的兩個極端，有著截然不同的性格，所以為什麼，是我？

　　難怪我在眾人呼呼大睡的午休回頭時，會發現你也還醒著，甚至視線直直地往我這裡投射；難怪我在圖書館發完補考考卷以後，會看見明明不用補考的你，默默跟在我後面。

　　待我意識到之際，才發現這幾乎是班上無人不知、

無人不曉的祕密。其他人是如何知曉的，我也不得而知，只知道自己還是那個灰色的人，恐懼成為鎂光燈下的焦點，承受不住一雙雙熾熱的視線。隨著時間流逝，他們開始會在選座位時鼓譟起鬨，試圖在各種場合撮合我們，而我也只是不停閃避一切可能會產生誤會的情境，並盡量不傷害到你。

偶爾我也感覺你對我的事有些過分執著，會在我看起來被男生捉弄時凶狠地斥喝對方停手，絲毫不管那可能只是普通的嬉鬧而已。沒想到我的一舉一動都被你看在眼裡了，頓時感到有些壓力。知道你只是心直口快、喜怒形於色，我也不好說什麼，但是說實話，很多時候我會希望你不要這麼在乎我。

記得有一次，擔任老師助手的我去圖書館影印試卷，卻意外地遺失了原稿。當時正逢壞事接連而至，最後我竟然因為這點小事整個人陷入愁雲慘霧之中。中午我和禾日坐在教室後面吃飯，臉色苦得像是被全世界背叛了一般，而你居然體貼地察覺了這一切——或許是因為你時時刻刻都將視線綁在我身上——一回神就見你從圖書館將試卷的原稿拿了回來，並對我說：「這一點小事，沒什麼的。」

讓我在你心房安居

那一刻我像見到救世主似地，差點哭了出來。我真摯地向你道謝，但心裡更多的是抱歉。

對不起，我沒辦法回報你相同的情感。

三年就這麼一晃眼地過去了。大考結束，畢業在即，某天和你傳訊息聊天的時候，你驀地向我告白了。我嚇得把手機丟到客廳的桌上，跑回房間避難。一會兒母親探頭來問我發生什麼事了，為何我的手機不停震動。我才發現你瘋狂打電話給我，希望我不要逃避這一切。竟然連這時候，你也如此了解我，知道我一受驚嚇就只會躲進殼裡，才會以這樣的方式要我好好面對。

面對什麼呀。我以為你已經知道我的答案了。那為何還要告白呢？

很久以後我才知道，

有時候告白不是為了得到對方的應許，

而是為了告別。

為了跟從前那個死命地喜歡著對方的自己說再見。

你很早就知道了吧，我的心意；卻還是選擇毫不保留地全盤托出。

　　你說你想知道我對你的感覺是什麼，我們以後會是什麼關係呢，還可以繼續當朋友嗎；我說，一直很謝謝你喜歡我，可是對不起我無法和你有一樣的情感，以後當然也可以繼續當你的朋友。

　　你說：「好啊，謝謝你願意當我的朋友。」

　　直至今日，我仍舊說不清那究竟是什麼感覺。有點惆悵，有點彆扭，儘管可惜但也只能這樣了，原諒我拿不出更好的結局了。我們都無可避免地必須要傷害一些人，對吧。然而如今重新回顧這段過去，我的眼眶居然因為你而變得溼潤。

　　不是第一次收到告白，不是第一次被喜歡，可是這是第一次，我知道被愛可以如此深刻。謝謝你。其實我從不特別，是你的目光特別了我；其實我從不溫暖，是你的目光溫暖了我。我的身上原先並沒有光，是你的目光照亮了我。即使是這樣灰色的、晦澀的我，也因為你，有了短暫的明亮。

星空，心空

　　國中大考的前一晚，老師把全班帶到操場上躺下，對著當時神經緊繃的我們說：「無論明天的結果如何，請相信自己。」無數個踩著月光回家的日子，都沒有那個晚自習深刻。那時候，我們都躺在那裡。那是記憶裡第一片特別的星空。

　　國中你不是愛熬夜的人，可是我是。你不懂我為何總是晚睡，我才不懂你為何要關心我的睡眠時間。我喜歡夜晚的溫柔，可以允許星星閃爍；喜歡夜晚的安靜，能讓我只擁有我──而或許那是只有自己能咀嚼的感受，所以你才不會懂。

　　儘管多數時候你不太能了解我，你仍然會用你的方式關照我，以一種極為彆扭的方式。

　　記得你坐在我前方的那段日子，偶爾會好心跟我解釋我無法理解的理化問題。某天恰巧你沒來，我因為一件小事被老師當著全班的面罵得狗血噴頭，那些時刻我感覺到一雙雙炙熱的眼光，一面覺得羞恥一面感到慶幸，幸好

你沒來，少一副關注我的目光。隔天你來上學，告訴我你知道喔，我暗想著所以呢？想表達什麼？

或許你也曉得倔強的我不喜歡露出自己的脆弱，所以並沒有安慰我，只用一種非常莫名且彆腳的方式表達自己知情的事實，我卻只覺得一頭霧水。

所以呢？

後來才知道，或許你一直用你的方式在意我吧。

終於考完了國中的大考，時值畢業季，班上流行點歌來自娛自樂，那時一群人熱熱鬧鬧地待在燈光昏暗的空間裡歡唱，你就坐在看得見我的地方，而我則坐在看不見你的地方——我們之間似乎一直維持著這樣歪斜的平衡，我好像從未仔細地欣賞過你，無論是你的唇齒或眉眼，我總是一覽而過，視若無睹，非得要你喚我，我才會聞聲回頭。

輪到你唱歌，你說要點 Adele 的 Someone Like You，頓時一片譁然，畢竟那首歌可是出了名地難唱。她們在一陣騷動中故作神祕地告訴我，這首歌是點給我的。我不置可否地莞爾，一來身處幸福的人是聽不進悲傷的情歌的，

二來彼時的我也對 Adele 不甚熟稔，自然也對歌詞一知半解，只淡淡地覺得你的模樣在唱副歌的高音時顯得微微吃力。

當時渾然不知，愛一個人要愛到什麼程度，才會義無反顧地給予祝福；愛一個人要愛得多麼費力，才能不顧一切地吐露心意；愛一個人要付出多少辛苦，才會只希望她幸福，哪怕與自己相伴的只剩成串的淚珠。

Never mind, I'll find someone like you.

I wish nothing but the best for you, too.

"Don't forget me,"I beg.

I remember you said,

"Sometimes it lasts in love, but sometimes it hurts instead."

別擔心，以後我會找到像你一樣的人的。

所以再見，祝你幸福；但是可以的話，不要忘記我，好嗎。

記得你說：「有些愛能成為永恆，有些卻只讓人遍體鱗傷。」

像我一樣的人。嘿，這首歌真的是送給我的嗎？

殘忍地婉拒你的告白以後，沒多久我們都畢業了。當時不知怎地和你的朋友有了交集，他告訴我：「他現在已經好多啦。謝謝你跟他說願意繼續當朋友。」

其實我始終是非常愧疚的，關於這份無法回應的情感。直到聽見他這麼說，我才感到釋然。希望我從來沒有浪費過你的喜歡。

隨後我們分別到了不同環境，我也漸漸地淡出你的生命，甚至缺席了唯一舉辦過的同學會。我在高中畢業旅行時發了第一則限時動態，很晚我才留意到，你回覆了我：「你的第一則動態。」可當時的我認真地傾注於課業中，壓根沒注意到你的存在，就這麼繼續過著兩條平行線的生活，似乎也不賴，對吧。

我以為故事到這裡就不會再繼續了，卻沒想到生命中所有的糾葛都是纏不清的結，任憑我多麼用力阻止一切翻出新的篇章，你卻還是在某天不偏不倚地降臨在我的視線範圍。

考完大學，不知怎地身邊的共同友人老愛向我提及

你的近況，即使我一臉不感興趣，他們也會自顧自地談及。她們說你跟我考上了同一間大學。我聞言愕然，卻也不是太意外，那個曾經向我解釋理化觀念的你，還是一如既往優秀。

這是當時我的始料未及：時隔三年，我們考上了同一所大學，甚至比鄰而居。所有不想面對的過去都被攤在眼前的時候，我只想逃；然而躲得了一時，也躲不了一世。某天你找了其他住附近的朋友一起吃早餐，地點就在隔壁的便利商店。雖然是如此令人困惑的行程，但四個人總歸是團聚了。彼時我只好奇開學典禮上見到的那張臉，為什麼也重新出現在我的世界，於是我向和他同校的你隨口問起了他的近況，才知道他選擇留在這裡了。或許當時我眼裡還是只有別人吧。

爾後我們繼續維持了短暫的聯繫，說些無足輕重的話題，就像以前一樣。某天參加完舞會，我傳訊息告訴你我認識了你們系的人，明明已是三更半夜，你卻不一會兒就回覆了我。我向你表達我的驚訝，你以前明明不是這麼晚睡的人啊；你卻回道，上大學以後睡覺好像不再那麼重要了。

明明只是一句閒話家常的回覆，我卻陡然驚覺，你

變了啊。

以前的你肯定會再拋個什麼問題回來給我的，對吧？

那之後我就幾乎不再傳訊息給你了。我想，我大概也不再那麼重要了吧。

其實說不出一個明確斷聯的理由。或許大概是在發現你改變了以後，我就不再願意找你了吧。不想聽見你親口告訴我：「我已經不喜歡你了。」不願再適應你的改變，不希望發現你已經不是那個默默追在我身後的人，更不樂於見證你的成長──追根究柢即是，我不想要知道你早就不喜歡我了。

才發覺我是多麼念舊的人，自私地希望你始終是我記憶中的模樣，可你唐突的出現卻讓我不得不將今昔的歷史互相參照，由從前的熱絡對比而今的生疏，該有多落寞。我不願面對這中間的落差，更做不到若無其事。所以我不想知道你後來變得怎麼樣了。

原諒我，我想這就是我離開的原因。我過分念舊地無法接受你不一樣了。你成長了。你不再是那個會隨便在課堂上負氣流淚的男孩了，可我不想知曉，所以我選擇讓

回憶不再增加新的扉頁，希望我們都能繼續活在彼此的記憶裡面，我們都不要再更新了，好不好。

我想要我們都是舊版的，儘管再也不可能了。事實是三年後你繼續存在於我的世界，我被迫看見你，而你也是。

後來在星空之下，遇見了好多次你。

第一次再相遇是搬宿舍那天，幸好因為天色昏暗，你大抵沒認出我。

吃了兩次早餐以後，再接著我們就斷了音信了。奇怪的是，在那之後我反而更頻繁地遇見你了。

某天深夜我從酒吧賦歸時，在月影搖曳的晚上，似乎瞧見你坐在宿舍附近的台階上，和另一個男生談天。然而夜色太濃，朦朧了視線，我始終無法確定那是你，於是我們對視卻沒有相認，就這麼錯過了。

那次我倒沒特別留心，直到隔天晚上，目送當時的愛人離開以後，我在路口的便利商店前，被一個熟悉的聲音叫住了。好巧不巧是國中同學，和你。我一方面難掩尷尬，一方面又想詢問前一天的真相，禁不住好奇心的誘惑，我還是問起了昨天那個身影究竟是不是你。你說是，

你也有看到我，只是旁邊的人我不認識。聽到的剎那，我感覺自己心裡有什麼在崩落。

原來我們的錯過是雙向的，是我倆合意的結局。
四目相接，沒有誰率先伸出手，於是我們錯過。
原來事實是，我們總是互相在意卻又互相遠離。

良久以後我們再遇見，你和朋友從咖啡廳的門口走出來，夜色還是阻撓不住我倆視線的交會，我的身旁走著一個男生，你幾乎是若無其事地和我點了點頭，我也就禮貌地回覆。身旁的人問我你是誰，我說，國中同學，然後我就這麼坐上他的腳踏車後座，先你一步，離開了那裡。

那之後過了好久平穩的生活，不怎麼想起你，也不太遇見你，屬於夜晚的記憶愈來愈淡薄了，卻在好幾個白晝，拚命和你巧遇，我讀不懂世界暗示我的訊號，只覺得世界小得令我煩躁。直到連續遇見你的第四天，你騎著腳踏車迎面而來，腰上環抱著一雙手。即便是這個處境，你

依舊泰然自若地與我點頭致意，而我愣了兩秒才發現是你，還有那雙手。或許這就是不停巧遇的原因吧，像是希望我能了解什麼一樣。也因為沒有夜色的掩護，所有的目光交會，都有了明確的答覆。

心空空的，不是出於喜歡，亦非出於遺憾，

而是出於我未嘗親口對你說，

謝謝你曾經的好，還有，謝謝當時，你拯救了我。

後來我遇見了很多人，他們熟練地在我的門外敲叩，而我什麼也不必做，只要在心裡默數三秒，就能聽見揚長而去的腳步聲了。一切都變得那麼容易提起又放下，畢竟每個人的青春都那麼寶貴，哪有時間給我蹉跎。電光石火的喜歡，也能戛然而止在酒醒後的夜晚。好像不再那麼深刻了，我可以在幾句回覆之後看透事情的發展，也知悉自己沒有什麼特別的了。誰都不會是誰的根。我們只是在觥籌交錯之中尋找一個勉強得以棲身的擁抱，散場了，就再找下一個能夠託生的浮萍。就別計較了，深情在這個時

代，早就過時了。

　　沒有覺得這樣不好，因為不要傷心太久的方法，就是永遠不停止追求；只是偶爾走在星空之下，會想起幾個讓我心空的回憶，還有像你這樣，讓我沒齒難忘的人。
　　此致未被染色過的純粹。

錯過

從不是單向的

心盲，星芒

1

我設想過無數次重逢的場面，萬萬沒想到我們會是這一種——不期而遇。

2

「如果你喜歡的是以前的我，那麼很抱歉，你恐怕要失望了。」

這是某天深夜如閃電般劈入我腦海的句子，我平躺在床上，想著之後再記下就好，隨後昏昏沉沉地墜入夢鄉。

果不其然，翌日我便一如既往地遺忘了昨晚的那句話；然而令我意想不到的是，這句話並未因此泯然無跡。有一個人驟然出現，喚醒了我沉睡的語言——是你。而你喜歡的，就是以前的我。

我居然遇見你了。

3

人們説，最美的是遺憾。或許真是如此吧。對於相愛過的戀人，我好像沒有特別良深的憾恨，因為在戀愛的過程中，我確信我已傾盡全力了。愛一個人就專注地給他全部，這是我曾經的義無反顧。

你是愛過我的人。而我呢？我是愛過你的人嗎？我有些朦朧了，倘若照過往的説詞來推論，答案更偏向不是。迄今我依然無法洞悉明白，那是何等無以名狀的情感，讓我在爾後沒有你的歲月裡，為此一次又一次地提筆。

明明當時是我離開得果斷。

見到你了。居然見到你了。其實那時我並未發現你的存在，是你率先認出了我。我們之間好像始終維持著某種詭異的平衡——你永遠會先找到我，而我卻往往渾然不覺。

當我正與故人攀談敍舊時，説時遲，那時快，你出現在我們面前，打了個岔，問了些無關緊要的問題。

我不知道你是真的想問問題，或者，你只是想要我注意到你。

像當年的你一樣略顯調皮，幼稚地以滑稽來吸引別人的眼睛。

我不敢說你和從前一樣。可是我目睹了你略微顫抖的雙手，聽見了你不夠平穩的聲音，我猜測你可能也有些倉皇無措，與我相同。只是我刻意處之泰然，偽裝自己平心靜氣，波瀾不驚。

三年。三年沒見，再遇見卻是這樣的場面。
我們之間早已有了若干個三年。
在不同的時間線生枝長葉，然後，於此再遇見。

4
你大概未嘗知曉吧，我在夢裡和你打過幾次照面；不過這些終究是我一人份的記憶，無關於你。

墜落到谷底的時候，那是我第一次夢見你。約莫三年未見，當時總會有幾個特別雞婆的朋友向我報告你的近況，儘管不怎麼想聽，卻還是被迫接受了資訊。知道你比從前更加優秀了，說不上來是什麼感覺，只是好希望不要

再見到你了。彼時我過得不好。很久很久以後我才敢承認，那幾個夜不能寐的日子，幾個夢到自己在考場改掉錯誤答案的自己，好多好多個被逼到絕境的自己……。

　　我的生活灰暗得只剩下悲傷。沒有想要追尋的人、渴望的目標，最可怕的是，我失去了企盼。其實並不是什麼不可回逆的失敗，只是面對著所有人的期待，我沒有發揮到最好。我讓他們失望了。師長的鄙夷與怨嘆讓我灰心喪志，好像一直以來堅持的事，就這樣被幾個數字給定義了。十七歲的我將自我價值建立在數字之上，於是當結果不盡人意時，我感覺自己瞬間被掏空了。

　　在那段麻木又壓抑的時光裡，我竟然夢見你了。不是什麼特別符合邏輯的夢境，卻是首次在夢裡和你重逢。斷聯以後我從沒有認真懷念過你，可是那是第一次，我意識到這份回憶在我心裡的重量——不是第一次被人喜歡，卻是生平第一次，你讓我明白，單單「被愛」這件事，也值得被放進一個人的史冊。

　　在那個闃不見光的洞穴裡，我想起了你近乎無條件的喜歡。我才憶起，原來還是有人會愛我，在我折了翼的時刻。永遠記得還碰得到面時，我因為一些小事處理不來

而垂頭喪氣，是你在遠方默默察覺了這樣的我，並快速地替我讓事情圓滿落幕了。你好像一直是這樣，靜靜地在一旁守護著冒失的我。即使早已分別多時，念起這一切，依然讓我止不住地感動。

5

初夏去了趟日本關西。

想起了一些很小很小的事情。

比如我曾在某個朋友的貼文下方激動地留言好喜歡金閣寺，於是過一陣子便發現你將封面照片換成了自己與金閣寺。當時覺得何必呢？現在只覺得以前喜歡一個人的時候，好純真好清新。

這次我沒有再前往金閣寺了，人啊，總有新的地方要抵達，而舊的人，就該緩緩地忘記。

那麼，在忘記之前，讓我把你寫完吧。

6

一次與故人的敘舊，朋友向我說起，你是如何形容自己曾經對我的感情。

你說，當時我是你眼中唯一的星星。不知怎地，你

眼中只看得見我，其他人怎麼樣也入不了你的眼。

後來我們去到了不同的地方，在慢慢見不到我的日子裡，聽說你終於慢慢地放下了。

聽到的當下我是詫異的，同時也是感謝的。

很後來我才明白這有多難得。一個人到底要有多燁燁耀眼，才能成為另一個人的天空中，碩果僅存的星芒；或者一個人的心要有多盲目，才會願意用全部的眼神死守那麼微乎其微的光亮。

要怎麼愛一個人，才會甘願放棄這世上其餘的美好；只管聚精會神地盯著眼前那個不盡完美的人。

7

後來重新遇上你，和你再度有了聯繫，我卻驚覺，輪轉過無數個四季，我依然無法喜歡你。比起你，我更喜歡那個被喜歡的自己。所以在那一段灰暗得透不進一絲光亮的時間裡，我才頻頻偷偷思念你，期待有人可以像你一樣，毫不猶豫地昭告天下對我的歡喜。

前些天騎腳踏車經過車水馬龍的大街，迎面而來見到你與一個女孩齊肩走在一起，你靦腆羞澀地說著一些話

語，兩個人笑得格外開心，我並未豎起耳朵仔細聆聽，只是把帽簷壓得很低，暗自祈禱你沒看見我自己。

喔，差點忘了，那一刻你的眼中可能只有她這顆星星，早就沒有了我這顆微粒。

終於不再總是你先發現我了。

我曾是你眼中的星星，偶爾念起，還是萬般感激。

喜歡和被喜歡都是幸運的，而我希望你喜歡的人，也喜歡你──這大概就是絕對的幸運吧。

8

某次聚餐，共同朋友帶著鄙夷的口吻，透露了你有了伴侶的實情。她訕笑著說道，誰會看得上你。我是笑得最猖狂的人，可是心裡流動的感受依舊氾濫，倒也說不上傷心，就是一股難以言喻的情緒，一言難盡。

在你的故事裡，我終於從主角的位置退下，成為沒沒無聞的路人甲。

我應該感到慶幸了，對吧。

無論如何，在我不知道的世界裡，請繼續幸福地走下去。

──獻給支撐我青春的人。

都是
因為我

講究，將就

說來會認識你，純粹是一樁意外。

　　方入學的那陣子，我參加了學校的活動，那天正好雨下個不停，所以我們就移動到學生餐廳來完成最後的任務，我看準了一桌貌似沒人的桌子，就和朋友一屁股坐了下來。豈料那其實是你的位置，我甚至還大剌剌地將雨傘放在你的桌面。等到你買完飲料回來入座以後，才發現已經有兩個不速之客出現了。我們趕緊向你道歉，你搖搖頭說沒關係，便打開電腦做自己的事。

而我則在一旁和坐在對面的友人談些荒謬的時事或笑話，惹得我倆一直呵呵大笑，朋友用嘴形暗示我，坐在隔壁的你也在竊笑。我一時心血來潮，就跟她說，向隔壁的同學搭訕看看吧。就這樣我倆一搭一唱地和你聊了起來，我用了一個十分突兀的開場，問你是什麼系的，你這麼回我：「可是我已經畢業了耶。」我笑出聲，跟你說沒關係，我只是好奇而已，第二次你這麼回答：「可是我休學了耶。」最後你還是說了，我才明白你是為了報考國外的研究所而暫時休學，目前在教授底下擔任研究助理。

　　我們就這樣在雨天的學餐裡聊了開來，新入學生和畢業生就像菜鳥與老鳥的相遇，話匣子一開就停不下來。用你的角度看事情，才發現此刻的煩惱有多無足輕重。你說，不用太在意現在有沒有交到什麼朋友，因為這些不見得會長久。沒有了聚在一塊的時光，很快地大家就會散場了。

　　我們聊了社團、學業和曩昔的愛情，也提及了我困窘的宿舍時光，記得我跟你說，我只要起床一往左看，而室友正好往右看，我們就會對到眼了。沒想到你居然天外飛來一筆地說：「那你可以不要轉頭看她。」不知怎地我

被這個答案狠狠地擊中了，沒來由地覺得這個思考迴路很特別，讓我想起了初戀。

沒想到好幾年過去了，我還是那麼沒出息。

總是被那些特質相像的人吸引：有著聰明的頭腦、截然不同的專長與嗜好、獨樹一格的邏輯系統，對我而言就像是覆著一層神祕面紗的未知領域，即使危險也渴望一窺究竟。

明明是初次見面的組合，我們卻像是故人般百無禁忌地暢談了三個多小時，直到你說你得回家吃飯了，我便故作輕鬆地揮了揮手，對你說：「反正我們有緣就會再見的，那就不留聯絡方式了啊，掰掰。」然後瀟灑地跟你道別，留下我和朋友繼續留在原地結束這一天。

天知道這個舉動足以讓我扼腕多久。幾天後搭車回家的路上下雨了，又是同樣的雨天，我看著雨滴靜悄悄地打在車窗玻璃上，驀地有些惆悵。畢竟要讓怕生的我一見如故，應是千載難逢的緣分，我卻就這樣白白讓這個機會溜走了。總感覺我在你身上看見了初戀的殘影——相似的科系、雷同的語氣、令人摸不著頭緒的表情——那個我心中難以抹滅的印記。

然而即使百般懊悔，我也只能如常生活，不過那幾天我都會故意繞道經過學校餐廳，想碰碰運氣看你會不會也在裡面試圖巧遇，但沒有，中午人聲鼎沸的食堂，我仔仔細細搜索了一輪，就是找不到你。

可我從來沒有死了這條心。要在偌大的校園裡不經意地碰面簡直比登天還難，於是我轉而往社群網站著手。類似的身分實在太多了，那些都不是你，那麼我到底該如何是好？

某天系上的朋友邀我去參加社團博覽會，我頓時靈光一閃，說不定可以透過社團的粉絲專頁找到你。記得你加入的社團相對冷門，估計人數也不會太多。按下搜尋鍵，果不其然在一張照片中找到了你，像是天助我也一般，管理者貼心地標註了每個人的帳號。我就這麼像跟蹤狂似地一個一個點開查看，總算讓我逮到了你。慶幸你有放著自己的照片，不然我們大概又要無緣了。

可是我應該這麼魯莽地打擾你嗎？距離上次見面早已是十幾天前，畢竟只是一面之緣，雖然相談甚歡，但我還是有些顧忌。踟躕了許久，睡前還是禁不住該死的好奇

心，按下了交友邀請。隨後緊張兮兮地上床沾枕，祈禱自己不要被當成莫名其妙的變態。

隔天一早，我看見你同意了，但沒有傳任何確認的訊息，我七上八下地忖度著該如何向你開場，決定用當天只有我們三個人知道的綽號喚你，打好了訊息，萬事俱備，只欠勇氣，我卻扭扭捏捏不敢發送出去。站在教室前面拿著手機踱步了許久，怎知隔壁碰的一聲傳來巨響，嚇得我不小心按到了傳送鍵。慌張了一秒，我還是滿意地進了教室。

不久得到了你的回覆，證實了我沒有認錯人。我們開始有一搭沒一搭地聊了起來。新生總是對學校充滿了疑惑與熱情，所以我什麼都可以和你當話題，而你也沒有半點嫌棄，十分認真地在幫我解決所有疑難雜症。和同學在圖書館閒晃時，我會傳訊息給你，你無意間透露了自己平常都待在二樓的某個區域，我便稍微多留了點心。某次你問我有沒有想參加的社團，我心想著這或許是個好時機，就說，要不你跟我吃飯，我就告訴你。後來你答應了，那是睽違好一陣子，我再遇見你。

好死不死一進餐廳就遇到認識的人，儘管惶惶不安，我還是故作鎮定地向對方打了招呼。幸好我們的談話還是如初順暢，吃完飯以後又下起了雨，這場雨和從前那幾場一樣，來得特別合時，我說我還不會邊拿著傘邊控制腳踏車的龍頭，你貼心地說讓你來吧，然後我們就頂著夜色一起在雨中的校園漫步，隨後你替我找到了一處安置我的腳踏車，我們便在此散會了。

　　幾天後我想著要去拿車，卻在莫大的校園遺失了方向。晚上九點的圖書館散發著昏黃的燈光，人煙稀少得有點陰森，我開始有些害怕，按捺不住恐懼，於是決定聯絡你，你竟然馬上就回覆我了，不僅耐心地告訴我方向，甚至說拍照給你看也沒關係，多虧了你的幫助，我才能如願騎回宿舍。

　　那之後我們依舊維持著友好的關係，我會趁你說在圖書館時順道繞去二樓，想賭一賭你會不會在那，果然被我堵到了一個神情訝異的你。你知道的吧，我是那種想要做什麼就一定會讓自己得償所願的那種人。找人也是，愛人也是。那之後週四似乎就變成了我們固定的見面日。

鄰近期中考，你在那個週四送了我歐趴糖。聽説那是大學生的傳統，學長姐會送學弟妹餅乾糖果，以祝福順利通過考試。我總是向你哀嘆著自己是沒有直屬的孤兒，當班上同學的桌上充滿著學長姐的愛心，而我的卻空空如也，什麼也沒有。這明明只是我隨口説出的抱怨，你卻慎重其事地為我準備了些什麼。看見你拿出包裝好的歐趴糖，我居然有些遲疑，不知道該不該收。明明應該要是興高采烈的，不是嗎？

　　我怎麼有些卻步了？

　　你用心地包裝並寫下對我的祝福，我感動十分，卻同時也覺得似乎哪裡出錯了。

　　怎麼了，這不就是我想要的結局嗎？我清楚你開始對我感興趣了。

- -

　　　　　　你向前了，我卻漸漸變得退縮。

- -

　　終於意識到你跟初戀最大的不同，就是你坦率而真誠，而他含糊又疏離。原來你們終究是不一樣的，我以為

我喜歡上了新的人，結果其實只是舊的他。可你終究不是他。

　　他們都說長大後的愛情應該是講究的百裡挑一，我卻讓你意外成了我將就的苟且因循。

　　怎麼辦，我不願你成為我講究的將就。

璀璨，摧殘

　　隨著你愈來愈積極示好，我開始心浮氣躁得不行。正因為深知自己早已沒有全身而退的方法了，就對於你的主動感到虧欠。畢竟整齣戲劇會演變至今，都是我一手布的局。如果我就這麼不負責任地拍拍屁股走人了，連我都會厭惡自己。可是我也抵抗不了自己的直覺，說不上來哪裡有異樣，但就是感覺有什麼已經壞了。

　　跨年那天本來和禾日約好要一起到頂樓看煙火，沒料到她卻臨時向我取消了。我輕描淡寫地將這件事告訴你，而你明明老早就回家了，卻說要大老遠來和我看煙火。四十分鐘的車程，只為了和我一起跨年，讓我既感動又有些恐懼。對著煙霧瀰漫的一零一，你用水汪汪的眼睛望著我，詢問我新年的新希望，我自是腦袋一片空白，遂把問題拋回給你，你直直地盯著我看，盯得我背脊發涼。我見過這個畫面，這是我在平安夜那天極力迴避的眼神。果然該來的還是會來，對嗎？

　　無論我再怎麼逃避，紙包不住火的情意，全都藏在

你炙熱的雙眸裡。

隨後你用炙熱得快要燒起來的眼神瞅著我，吐出了那句令我惶恐至極的話：「我好像喜歡上你了。」

你在璀璨的煙火之下向我誠懇地告白，我想的卻是該怎麼不摧殘這滿地的浪漫。

我支吾其詞了半天，煙火都放完了，只能吞吞吐吐地跟你說我要想一下，之後我們一如往常合照玩耍，儘管心裡有些疙瘩，還是相處得十分自然，笑得像個孩子一般。不久你就趕著捷運的末班車回家了。我頂著一顆浮動的心躺在床上，載浮載沉得沒有答案。

當時你尚未復學，似乎打算出國讀碩博，而方大一的我，正值認識新朋友的階段，面對你的生涯規劃，我誠惶誠恐。坦白地說，我不想這麼早就過上與愛人動如參商的生活。可我拿什麼勉強你呢？那終究是你的未來，不是我的。我無法左右你的人生。年齡的差距與生涯規劃的歧異，讓我看不清這段感情的出路。我應該答應嗎？如果打從最初我們就注定走不到最後呢？

半夢半醒之間念起自己是在幾年前的跨年結束初戀的，而你在跨年告白了，像是某種完美的巧合，揭示著我們的緣分，也暗示著我即將走出那個人的陰霾了，是嗎？可是事情有這麼簡單嗎？談一場望得到底的戀愛，對我來說還是太難了。我還太年輕，愛一個人的時候，總忍不住以永恆為單位來掂量他在我心中的重量。

　　所以我心裡依然沒有一個明確的答案。

　　我當然喜歡你，作為友人，我們相談甚歡；然而作為愛人，總感覺我們之間尚缺少了什麼，讓我無法下定決心。那時候不清楚，其實還會猶豫，答案就已經呼之欲出了。我只是不忍心做壞人，因為這一切都是我親手種下的，我就是罪魁禍首，而你一點錯也沒有。

　　然而我們老早之前就約定好，元旦那天要一起吃晚餐了，事到如今，我也只能硬著頭皮赴約。看著你的眼睛，我頓然閃過一個念頭，不然就在一起看看吧。

　　於是飽餐一頓後，我站在昏黃的路燈下遲疑了一陣，還是張口說了喜歡，然後我這麼對你說：「還是我們試試看？」

「試試看？」你這麼問。我想你還是看穿了我的游移。

後來我們深入地溝通，聊自己喜歡的特質，乃至我最初向你聯繫的原因，乾乾淨淨什麼都說了。記得你說：「你是個很溫暖的人，而且我們聊得很來。」這是我第一次聽見別人解釋喜歡。我也誠實地說，會聯絡你是因為你很像初戀，我鍾情想法與我截然不同的人。然後我問，你有沒有想過會跟一個人分手？沒說出口的是，似乎在初戀結束後，我曾經執著的信仰都崩壞了。或許第一份愛總是情深似海，才讓我難以相信會有凌駕時空的戀愛。

種種原因加總，踏入一段關係對我而言似乎太沉重了。我負擔不起過多的愛，更別提付出更多關愛，才對告白心生疑懼。

然而你不是，我看得出你對這世界還有純真的盼望，當我在假想分手的可能時，你納悶我為何要這麼思考。我一時無法向你交代我的過去，也不好解釋成長的枝微末節，但我們仍花了很長時間談話，談感情觀、理想型、生涯規劃，我問你我跟其他人有什麼不同，你怎麼知道這就

　　　　　　　　　　　　　讓我在你心房安居

是喜歡？你卻回道：「我只會想你，而且是一直想你。」

原來這就是喜歡。

你問我喜歡的人要有什麼條件，我說了，卻沒辦法解釋為何我似乎不夠喜歡你。我也答不上來。你的留學計劃暫且沒有更動，而我也單刀直入地說，我可能很難接受你長時間滯留外國。你點頭表示理解。

某天晚上你坐在交誼廳，跟我說，不懂我為何說出要不要「試試看」，更不解為何我會想要認識更多的人，並簡明扼要地說明：「如果你要再看看，那我可能不能接受。」

那天我像被天打雷劈一般大受震撼，送你回家以後，我居然忍不住流淚了。那是我第一次為了喜歡的人哭泣。原來你有一天也會受不了我，就像其他人那樣。

放了長假，我們各自回家沉澱了一番，時間和空間的遙遠讓思念開始發酵，我認真地傾聽自己的內心，發現自己其實很想你。也許我只是太害怕破碎了，所以不願想像自己也能有完整的可能。前途的不明確讓我不敢下定決心，所以寧願在這之前，阻斷一切可能性。

你趁著空檔坐公車來到我家附近的百貨公司，那天我情不自禁吻了你。那也是我第一次親吻喜歡的人。

在那之後我悄悄地改變了，從搖擺不定變得直截了當。我終於調整好自己的心態，揮別從前那個誰的影子，決心要好好跟你在一起了。你當然也意識到了我的變化，然後我們就繼續認真地戀愛、談心、散步，輪迴著幸福的時光。

直到我升上新的年級，開始習慣這所學校的一切，不再總是亮著求知慾的雙眼，更被繁重的課業壓得十分困倦。單手騎車不再是難題了，從前看似風光的舉動也漸漸變得稀鬆平常，我知道我開始失去所有濾鏡了。

記得某次用餐，我疲累得幾乎失去了表達能力，於是問你有沒有什麼想跟我說的，你笑著說沒有。不知怎地那一刻你的輪廓和初戀的交疊，我想起那些無言又難熬的時光，登時一陣心碎。原來你也對我無話可說，是嗎？隨後我躺在你的大腿，沉沉地睡著了。

交往時間一長，我們之間的問題也一一浮現。
我擅自以為溝通能導向相互理解，卻沒想到我們的

讓我在你心房安居

思路根本只是兩條平行線。那明明曾經是我最喜歡的特質啊，卻忽然成了我倆關係的絆腳石。

我會在你談論政治時感到害怕，你明確的立場似乎早已毫無轉圜的餘地，我深知自己無力改變你，只能唯唯諾諾地應；你貼心地在人生計畫裡放了我，為此狂喜之餘，卻成了我肩上的重擔。我成了那個需要加油的人，要跨越年歲的差距、價值觀的歧異，還得成為你理想中的對象，才發現我壓根做不到。

偶爾你會像父母一般對我疾言厲色，我才會想起，原來我們中間隔了六歲啊。

無關對錯，我只是慢慢意識到，我們沒辦法在某些事情上取得共識。我倆觀念上的齟齬就像我與父母的爭執一般無解，而我一面在課業之間疲於奔命，一面倦於聆聽你莫名其妙的境遇。

我開始意識到自己和你不在同一條線上，談論的話題漸行漸遠，你對問題的消極態度也使我益發心灰意冷，當時周旋於種種瑣事的我，輾轉變得更加力不從心。某一瞬間我遽然不曉得如何和你溝通了，如果你只是想繼續被

困在原地，我可能沒辦法一直陪你。

或許你也有你說不出的苦，我卻站在自己的立場，擅自把你打了個叉。

在被課業與生活傾軋到極限的那瞬間，我發現自己什麼都可以不要了。我開始希望能保持一點距離。

那天你陪我坐捷運到目的地，在捷運上我卻只擔憂我倆會被朋友撞見，希望你能盡速離去。你下車以後，我看著車門關起，腦海中卻充斥著你的缺點。明明你其實善良、體貼、溫柔、幽默、聰明、上進，我卻一個也想不起來，只記得你對我偶有的不耐與固執己見。

我是怎麼了？

明明你對我百般包容，我的天馬行空與散亂、丟三落四與慵懶，你都概括承受了。為何我卻一點也受不了了呢？

這是我用盡全力才等到的緣分，難不成就要斷在我手中了嗎？

我被滿載的罪惡感淹沒，卻控制不了自己下意識閃躲與你的互動。

我想我還是跨不過去吧，年歲的差、距離的關、價值觀的坎。

　　在那個冬天我還是向你提了分手。掙扎了許久，但實在不想浪費你寶貴的時間，更不願葬送你大好的前程。

　　那天我說，我有話想對你說。你說你也覺得。然後我完整訴說了自己的心意，並緩慢地與你告別。我哭得淅瀝嘩啦，一想到這是我一手闖的禍，就覺得無辜的你何罪之有，要這樣和我一起受苦。對談之中你對我說的話語充滿疑問，這才驗證了，我們或許從未在同一個頻率上。就像你不看長篇文章，我卻喜歡寫作一樣，無效的溝通、曲折的理解。

　　但是沒關係，我喜歡過你，這是千真萬確的。我想你也是，對吧。儘管你不會知道了。

　　良久以後回溯過往，我才察覺自己在感情裡的盲點。問題其實從不在你，而在於我已經沒有力氣。

　　親密關係像是一面鏡子，誠實地反映著我當下的狀態，狀態好時往往什麼都甘之如飴，墜入深淵的時候卻又突然什麼都能變成眼中釘。

我只是太害怕破碎了，

所以不願想像自己也能有完整的可能。

讓我在你心房安居

流下了淚，留不下你

1

我討厭自己用眼淚拚命將你洗掉的樣子。天邊的烏雲殘暴地潑下傾盆大雨，大手一揮熄滅了我的驕傲和熱情。飄搖的風雨似乎也正悼念著我們的過去。

2

那是有記憶以來第一次為了喜歡的人流淚。

一個凜冬的子夜，目送你離開我每日必經的路口，直到確認你回首也辨別不了我的表情之後，我皺起臉，下一秒鐘竟然難以自抑地開始淌眼抹淚。那一瞬間我才驚覺自己的脆弱，我好像要失去你了。

更悲傷的是，我根本尚未擁有過你，談何失去？

聽到你要我再仔細想清楚的時候我猝不及防地感到心痛，這大抵是第一次，你將我倆的距離拉遠。想不明白自己到底是哪裡壞掉了，明明渴望擁抱眼前的人，卻又掌握不了自己的方寸。

這是件悲傷的事吧，喜歡的人就在眼前，
卻無法參透哪一種擁抱的姿態得以保全對方的純粹。
於是我只能放任自己破碎。

直到在人海裡再也找不著你的身影後，我旋身欲離開這個悲傷之境。行經燈火通明的便利商店，穿過嘻笑怒罵的人群，無視一切人聲雜沓，眼淚就這麼肆無忌憚地滑過面頰。我抬起頭，試著不再讓淚花滴落，天空灰濛濛得看不見星辰和銀盤，只剩下黯淡已極的世界。不曉得是你走以後，我的世界才開始失去顏色，還是因為，在你身邊，我壓根不曾注意過這世界。今晚的夜色格外寂寞。這次，我的歸途沒有星月交輝，也沒有你陪，徒留我獨自流下的淚水。

其實每一次送你走的時候，我都清楚地見證了我倆的際線，如此殘忍而決絕地揭示——我們終究不是同路。

3

當時想不透自己泣不成聲的原因，而今總算豁然開

朗了。因為我無法肯定自己的心意，沒法回報你同等的熱情，讓你為我傷透了心。那之間我們認真對談了無數次，每次的結論都讓我不曉得自己究竟怎麼了。為何明明感覺自己喜歡你，卻又不願再更靠近。

良久良久之後的現在，我才看懂了當時的心境。說白一點，就是喜歡，但也不夠喜歡。

喜歡與你暢所欲言、天南地北地聊天，喜歡你總是記得我古怪的小習慣，喜歡跟你相處的自在，喜歡有一個人陪著我開啟新生活，喜歡你有著與我不同的思維模式，喜歡你總是能說出讓我驚豔的想法，喜歡你的聰明、你的努力、你的奇異。

那次交談我們坐得很近，近得我能分辨出你瞳孔的顏色，不摻任何雜質的黑。而當你神情哀戚卻正經地告訴我，或許你不能接受這樣的我時，我的眼淚幾乎要奪眶而出。就連你都要拋下我了，對嗎？

這幾年我慢慢摸透了自己的罩門，原來我害怕的始終不變──就是愛的人從我身邊頭也不回地離去。興許所有人終有一日都會受夠這樣的我，這樣不堪、乖張、善變又無能為力的我。是啊，就連你也要受不了我了，不是嗎？

4

回到住處，隨意梳洗後平躺在床上，眼巴巴地望著天花板，只覺得淚水的庫存告急。我的焦慮、不安、悲傷、惶恐在寂靜的夜晚朝我一擁而上，眼眶裡誠實地泛滿了恐懼的淚水。我不曉得自己緣何總是這樣，讓愛的人因我而受傷。

甚或偶爾會冒出這樣的念頭：「如若我打從最初就未曾出現，是不是就不會有人因為我而痛苦了？」

孤獨的單人床、悲傷的季節，我盯著天花板，感覺自己萬分痛苦卻又無力回天。

其實我是明白的，你一直都很好，不好的是我。你的心意始終很穩定，如我所言，你自律甚篤；而我卻彷若空中的浮雲，一旦你不在我身邊，我就不由自主對遠方心生憧憬，渴望在更高的天際翱翔，卻又害怕那裡的風景仍然不敵一個你，所以左搖右擺，躊躇不定。

對不起，我就是這段感情的未爆彈。

5

那段戀愛的一切，我從未向任何人完整地交代過所有細節，這個故事彷彿住在我心中潘朵拉的盒子裡，一旦

讓我在你心房安居

打開，就是一場鋪天蓋地的災難。可當時的我仍天真地以為，那裡頭會有我要的希望與答案。

感情真的是不夠愛就能輕易捨棄的嗎？

我知道自己喜歡你，失去你會使我撕心裂肺的傷心，你的存在是一切的意料之外，於是我很用力很用力地將你找了回來，然後，卻在發現自己無法對你全心全意的時候，感覺自己萬劫不復的糟糕。

於是我囿於自己親手鑿的洞穴裡，進退失據。

6

一次長假，我在搖擺不定的心意中回到了家鄉，許久不得見你。而你跨越了城市，不辭辛勞地來到這，只為了見我一面。闊別重逢，再見到你的瞬間，才發現自己有多想念你。

我突然覺得這就是愛了吧。在咖啡廳裡，你坐在我的隔壁，我忽然有了渴望親吻你的衝動。

7

經過無數的交談與幾個夜晚的深思熟慮，我應許了你。

可能是為了不失去你，為了不葬送這段得來不易的
緣分，為了弭平自己的罪惡之心……

抑或是，為了不浪費你。

8

後來的故事走向被我編織成了一大段祕密，無法以
三言兩語輕易道盡。不可否認地，你曾經完整地佔據了我
的歲月。

你知道嗎？我現在不那麼害怕了。明白人間的聚散
不過一場筵席，免不了曲終人散的悲劇。

「要離去的人儘管走，反正無論我如何卑微地挽留，
你最終還是會鬆手。」數年前寫下這句話之時我仍是想哭
的，思及愛的人終究會離開，我依然忍不住鼻酸。

可我後來忘了。我沒有感覺了。我明瞭有人會離開，
而這並不總是我的錯。我仍舊願意費盡心思、用盡全力留
住愛的人，但當緣分走至窮途末路之時，我會慢慢學會灑
脫地放你走。

願新的人永遠充盈你的生活。

願你活得不需要我。

9

　那個溼冷的夜我將自己反鎖在房間，按下傳送鍵之後，放任淚水嘩啦嘩啦地流，大勢已去，我終於要失去你。

　對不起，我還是不小心浪費了你。

我想要

在你生命裡

據有一席之地

在經歷過破碎的失重以後還是渴望靠近
誰、依賴誰，期待這個世界各形各色的
愛，儘管依然會失望，卻止不住嚮往。

長大是
無數次幻滅

　　永無止盡的奔跑。像是參加了一場馬拉松，我只知道往前跑。就算早已瀕臨虛脫，還是只能拖著沉重的步伐繼續往前踏，到了這個程度，已經不是用體力行事了，而是意志力會插手干預，代替我做決策，而她的決定是，要讓我燃燒到最後一刻。

　　於是我用腎上腺素支撐，在終點的前一刻遇見了一些故人，他們也跑到了這裡，我只得忸忸怩怩地打聲招呼，希望他們不要看出我的狼狽。後來總算告一段落了。終點來了一些人，說是要為我慶賀，慶賀我踩過了終點線。

　　結束了，是嗎？

心似乎永遠比身體慢半拍，一切都停下來的時候，我才發現心臟持續飛快地跳動著。像是忽然從跑步機上走下來，身體還無法適應這靜止的世界，只覺得一切都不夠真實。難怪小時候老師們總耳提面命，跑的時候不要馬上停下來，身體會受不了的。

　　結束大考的感覺就像倏地從一陣長跑中抽離，然後急煞。

　　被喊了暫停的瞬間，我才有空回頭，意識到自己身後到底有多荒蕪與空虛。

　　大概是這種感覺吧。

　　當你挹注所有心力在同一件事情上，漸漸地你會模糊周邊的風景，甚至開始容忍一些從前難以接受的事——但這不代表你釋懷了，只是姑且擱著不管——因為你一心一意只想把整件事做到最好，所以無所不用其極，為了這件事你願意放棄很多事，或者說你的師長會鼓吹你放棄很多事，比如你的自尊心、你愛打扮的心、你對其他興趣的投入等等，放棄愈多，愈專注，對你的未來愈好。至少他們是這樣說服你的。

　　可當那件事就這麼一口氣告終了，你就像被抽乾了

一般，什麼也不剩了。

　　到頭來除了那張最後的成績單，我什麼都沒有了。站在終點感覺像站在虛空，似乎過程一點也不重要，只有最終那張紙才是有效力的。那張永遠無法令人滿意的成績單。

　　大考的最後一天下午，回家以後不迭歇息，馬上收到班導師在群組的轟炸，命大家交出自己試算的成績，不用想我都清楚自己數學考砸了，儘管多麼不願面對，也逃不了被導師私訊關切。我心不甘情不願地再讓那幾十分鐘的成果狠狠地劃傷我一遍，只期望這是最後一次因為自己的成績不夠好而受傷了，卻沒想到這不過只是濫觴。

　　導師眼裡彷彿只有我的數學成績，其他表現好的，通通當作理所當然，沒有半句稱讚。他劈頭就質問我的數學怎麼這樣。我無以回應，不早就覆水難收了嗎？索性無視他的訊息，繼續在我的懊悔中泅游。

　　最難過的人不應該是我嗎？為什麼他要這樣譴責我？那幾天反覆地做著相似的夢，在夢裡我改了答案，靈光一閃，以為自己總算答對了，醒來才發現那只是夢；現實生活中的我還是一蹋糊塗。沒有勇氣和任何人談及這些

夢，因為他們都認為，我應該可以做到最好，但我沒有。才發現一個人跌跤不算什麼，有人看著你跌跤才既羞恥又崩潰。

　　那個冬天，我以為最壞不過年夜飯桌上的未來職涯盤問而已。我以為冬天過了我就能脫胎換骨，我以為春天到了幸運之神會眷顧我，沒想到什麼都沒有發生。

　　唯一的目標跟跟蹌蹌地完成了，結果是如此不盡人意。讓我甘願忍受所有破敗的人，卻表現得像是我一廂情願。原來這就是大人的世界，讓我不停在幻滅與絕望之間徘徊。曾經以為那是我冬日的火苗，才發現只是包裝過的毒藥。沒有什麼能拯救我了。生活中沒有一丁點成就感，回頭檢視自己，我才發覺自己的生活有多糟糕。往昔還能勉強說服自己，雖然除了讀書以外我什麼都做不好，但至少我還會讀書；現在竟然連書也讀得亂七八糟。就好像這是衡量我價值的唯一手段，像市場上被秤斤論兩的豬肉，似乎那就是我人生的全部了。

　　我一無所有。

　　失去軸心的時候，原本團結的身體就像一盤散沙，

我赫然驚覺，沒有目標的人生是如此令人惶恐，因為沒有了期望，所以開始花時間對自己找碴：怎麼能讓上個目標就這樣過去，又找不到下一個人生方向呢？

我開始努力抓住一個新的標的物，

卻沒想到當時那個近乎傾頹的自己，

早就無力承受任何責任了。

我以為那個關於數學的惡夢已經落幕了，沒想到一到學校，我才知道導師默默把我的成績告訴了身邊的同學。她說老師說我數學考很差，不知道為什麼我只覺得被背叛了。他不痛不癢地將我的成績公開，絲毫不在乎青春期的學生或許對比較很敏感，他無所謂，反正這是我的成績，到最後總會揭曉。

我討厭身在體制之下的自己，忍耐著不人道的制度，討厭這個世界總是以成績好的人馬首是瞻，厭煩他們大聲地讚頌那些「傑出」的考生，嫌惡導師一邊質問我想讀什麼，一邊面露同情擔心我考不上好學校。他聽著我的志願

嗤之以鼻，告訴我今年制度大改，我大概考不上罷。一位老師，在學生最需要支持的時候說了：「別想了，我覺得很難。」

後來才曉得，他在寒假期間瘋狂逼問我的志願，即使當時連正式的成績都尚未公布，之後又在聯絡不到我之時跑去追問我朋友，再順便向她宣傳我慘淡的成績，試圖透過朋友來關心我，我卻只覺得他咄咄逼人得很噁心。

開學了，每一次他看見我都會皺著眉對我唉聲嘆氣，外加念念有詞：「唉你的數學啊……。」

我像是大逆不道的罪人嗎？為什麼要為了只有數學考不好而覺得前途一片黑暗？到底我要怎樣才能讓他滿意呢？我忍不住想問他。他不知道一次的考試不足以決定一個人的未來嗎？

道理我都知道，但還是差一點被他擊倒。

在我的父母都沒有給我半點指責的時候，他卻假關心之名一而再、再而三地羞辱我。說我大概會考不上想要的學校，說我想要的志願都很危險，說我沒希望了，還是打安全牌吧，今年很危險。

他會在晚自習回家之後繼續傳訊息詢問我想要的志願，他會在我選擇不回覆的時候直接打電話，明明不是什麼十萬火急的事情，他卻連下班都不願意放我一馬，就這樣度過了好多好多被貶低的時光，我幾乎就要信心全失了。他們接著說，文組沒什麼前途，真的要想清楚，我不了解為何這個世界總是這樣，連一個人的科目偏好都有高下之分，我真的受夠這個醜陋的世界了，卻發現想停下來也不行。大人是不會放過你的。

　　第一次知道這個世界能是這麼不堪入目的。

　　我其實對算組距非常反感，厭惡團體生活總是不比個你死我活不罷休，痛恨這個環境是如何教導我們一面自卑一面優越，再引導我們以成績論斷一個人──或許我也曾經這麼不成熟地以此為準，長大後才發現當時自己的愚蠢。這世界上多的是比紙上的成績還重要的事，不是嗎？

　　放榜了，脆弱至極的我選擇走上一條相對安穩的路，錄取了第二志願。老師笑著跟我說：「我給你的建議沒錯吧，你本來就應該打安全牌，不然你看，你的成績沒辦法錄取你的志願的。」然而我後來才得知，如若真要賭一把的話，我的成績也能通過當時我想要的第一志願門檻的。

　　　　　　　　　　　　　　讓我在你心房安居

一陣不甘心像一把火燒進我的心裡。他到最後一刻都覺得我做不到，我拿不到我想要的東西。到底憑什麼？

畢業離開了學校，我總算揮別了那些不停削弱我自尊的人。我快樂得差點忘了自己曾經悲傷地伏趴在地上，也不常想起那些創傷，甚至成功雙主修了當時的第一志願。很多人問我原因，我卻答不上來。或許只是因為聽起來更有光環，或者更多的是，當年沒說出口的不甘心。

我血氣方剛地想要藉此證明自己，等到走上了那條路，才曉得試圖向別人證明自己不過是徒勞無功，因為沒有人會看見你背後付出的血淚，他們其實一點也不在乎。人家早就將那些惡毒的話語拋諸腦後了，只有我自顧自背負著那些評論，顫顫巍巍地走到了這裡。

後來我還是不喜歡那些大人。

長大是無數次幻滅，而大人早已習以為常這險峻的世界，於是他們不曉得，小孩會為了這世界的震動而支離破碎。以為不停往前就會迎來甜美的果實，跑到失去了自我才發現，「以後就會快樂了」才是最不負責任的謊言。

後來我還是不喜歡那些大人。好不容易咬著牙證明自己攜得著第一志願，卻發現自己早就愛上了這個當初令人失望的結果。這個看似不夠好的選項，卻讓我誤打誤撞地，找到了自己的熱情。不僅如此，途中遇見的每一份善良與單純，都讓我更加堅定現在的選擇。如果有什麼話能安慰過去受挫的自己，我會說：「所有不那麼理想的情境，都藏著要給你的驚喜。要相信，一切都會如你所願。」

　　長大雖然是無數次幻滅，但走著走著，還是會與順利比肩。記得喔，一切都會如你所願。

　　　　　　　　　　　　　　　　　讓我在你心房安居

意料外
失戀

　　那年冬天你來找我了。你說你很欣賞我，很喜歡我。我在出國旅遊前夕看見你傳來的訊息，顫抖著無法相信我的眼睛。原來我做得到嗎？這是我這個年紀能擁有的幸福嗎？一時之間無法分辨這是現實還是夢境，我呆愣愣地坐在原地，還想不清楚怎麼回覆，就先捱了頓罵。「行李怎麼還沒收好？」凶狠的怒吼一秒將我拽回現實，我只好握著跳動的心，假裝冷靜地整理好自己。

　　那是我第一次被這麼用力地肯定。收過各式各樣的讚賞，諸如「你很有才華」、「你很有能力」、「你很聰明」云云，但我總是難以置信，生怕天真地以為自己有多特別，跌入凡間的時候會只剩下悔恨。可是你不一樣，你

用行動賞識了我。像是天上掉下來的禮物，你和後來的人不一樣，在我什麼都還不是之時，就相信我有潛質。你說你在我身上看見了寶石的光輝。我好納悶啊。處在一片混沌之中的我尚看不清楚自己的價值，只知道自己有太多無處安放的心事，太多無從言說的話語，想要用力地相信誰，卻只是被困在一片迷霧之中，他們短暫地發過光，卻無法領著我度過這場艱辛的搏鬥。

恍惚之間憶起了我名字的由來。

一次在課堂上，老師當著全班的面稱讚我很有才華，並隨口對我拋了個問句。當時我竟然別過頭，不知該如何回應他的問題。氣氛頓時降到了冰點，沉重得令我焦灼，可是倔強的嘴仍不知如何啟口。隨之而來的自責從未停止鞭答我自己，直到某一刻起我決定了，我要原諒我自己──說不出口沒關係，就當個沉默的人吧。就用文字代替那些說不出口的話吧。

一個人耕耘了那麼久，你突然出現了，在我遍地的沉默裡發現了光，拾起那片無言的美，對我說：「我相信你。」那一刻我儘管什麼也不明白，卻仍然深受感動。你看見了當時我晦暗的全部。是這樣不自信、恐懼、渺小的

我，你卻相信我有潛力。

　　旅行回來以後我去找你，你認真地詢問了我的期待，我卻只告訴你，我想要等熬過最艱難的一刻再回來。當時的我對自己有太多懷疑了，覺得自己不夠成熟，覺得自己還無法全心全意，覺得自己沒有準備完全，於是我對你說，希望此刻能暫且專注在原本的事上，所以你可以等我到明年春天嗎？你說好，然後在離開之前，問了我對未來的想像，我說不出個所以然，只說道，希望放眼望去能是一片漂亮的藍綠色。到此為止，我沒有發現任何異狀，沒有察覺你有沒有失望，甚至以為這就是夢想的模樣。我以為你也是。

　　直到我記起我們分別的場景。

　　在啜完最後一口咖啡之後，你示意我先行離開，眨了眨雙眼，並解釋待會仍然得去面見故人。儘管萌生了些微的好奇，我還是硬生生將一切困惑吞進肚裡，畢竟依照我們初次見面的關係，那些都不是我能夠觸碰的問題。
　　於是我抑制住嘴角，抓著不受控的心跨出大門以後，

獨自在心裡和你拉了勾：「我會回來的喔，那片藍綠色的海洋與天空。」

回家以後，我寫了封信給一年後的自己。儘管我素來不是熱衷於寫時光信的人，卻還是因著熱烈的盼望，洋洋灑灑地寫滿了兩張信紙。攢著期待往前走，我相信你會在黑暗的盡頭等我。

後來我懷抱著這份信念，終於走過來了。從灰暗的洞穴死命地鑽出，適應了周身的光亮以後，卻尋不著你。我眨了眨眼睛，喊了幾聲你的名字，你沒有出聲，只有樹葉被風擦過的刷刷聲勉強應和著我。

我想方設法找了你幾次，你的回應卻冷淡得像我們從未認識。碰壁了無數次以後，我徹底放棄了。

那份未曾明示的拒絕也早已了然於心，我知道是時候識相地退開了。你不需要我了，你已經擁有得以取代我的人了。而那個人無論是誰，都已經不重要了。

花了很長一段時間憤恨不平，對於你不明不白的回應感到委屈，想起不知怎地和你說過，我開始書寫的原因。一是無能為力，二是想要記錄下讓我快樂的美好事

情。結果你帶走了我的快樂，卻忘了帶走我的無能為力。

　　而我，不知是否依舊不甘心，所以戰戰兢兢地，始終放不下那支筆。

　　孑然一身走了一段好孤獨的路，那些無法釋懷的，咬牙切齒無法原諒的，卻也寫著寫著就把恨意沖淡了。回過身，你的不理不睬僅剩下淺淺的咬痕，儘管我仍然對你的不告而別感到困惑──或者你認為不告而別的是我──都無所謂了。

　　很久以後我才意識到，當時我之所以沒有就這麼放棄，是因為你。你的那些話語與承諾，讓單薄的我願意勉強相信自己，有這個能耐迎接下一個春季。

　　是你的承諾支撐我熬過那年寒冬。

　　熬過以後，我們竟然就此分頭，這是我意想不到的結果。聽見你離開的當下，我感受到晚冬最後一陣刺骨的寒風，忍不住瑟瑟發抖。遲暮的晚霞繽紛多彩，諷刺地對比我眼中的慘澹。然而隨著你的腳步聲更行更遠，你步出了我的視野之外，我也走出了你的陰霾。

如今恨意已然煙消雲散，餘下的是對你的感恩。

實現與否我早已不再執著，反倒由衷感激你帶來的光。正是那束光，引領我走出黑暗。

你的承諾是冬日的柴火，也是我當時乏善可陳的生活中，信仰般的寄託。

謝謝你將我的冬日帶走。

有一份愛，
名以為家

活著是我對憂鬱最大的妥協

考完大考，有了大學，我終於從那間又愛又恨的學校畢業了，以為也能從那個被貶低而懷疑自我的心態畢業，以為能忘卻曾經的不愉快，不再不甘心了……我天真地以為畢業能讓我重新來過，迎來嶄新的篇章，豈料並沒有，什麼也沒有。我還是一樣，找不到自我。

他們都說要珍惜長假，可以過上荒廢的日子也不必感到罪惡；還沒有什麼責任在身，每天只需要無所事事就好了。明明該是幸福的事，我卻在這樣百無聊賴的日常

裡，失去了自我。

沒有目標的人生就像失去指針的錶，我開始讓晝夜節律失常，過上七葷八素的生活，醒著就是待在房間，在某個不知道此刻是幾時幾分的夜裡，我開始覺得自己要壞掉了。

第一次知道，人生花在虛耗之上，竟然這麼令人恐慌。

我開始試圖轉移重心，將原先花在讀書的時間拿來在乎自己。我開始對自己的長相挑三揀四。小時候我不認為自己是個在意外表的人，畢竟一心一意都在想著該怎麼把書讀好，直到有個同學看著我，說：「喔你黑眼圈好深喔。」當時我才意識到，我不好看。

整個夏天我都覺得自己不好看。膚色不夠白皙，眼下不夠乾淨，牙齒不夠整齊。我開始看自己不順眼，開始對自己的外貌產生焦慮。為了掩蓋這些缺陷，我開始想方設法改變。

開始學習化妝，卻在採買工具時遭到母親反對，聲稱那些化妝品傷肝傷身，常用有害健康。能怎麼辦呢，生

讓我在你心房安居

活在同一個屋簷下，我也沒有足夠的經濟能力與之抗衡，只能偷偷摸摸地改至檯面下進行，記得去百貨公司逛街之時，經過一樓化妝品區時我露出閃閃發亮的眼神，她卻憤怒地希望我能離開，我像是一個罪人一樣看著琳琅滿目的商品，想開口詢問店員，她卻在一旁怒視著我，希望我能順她的意，不要對化妝品有興趣，我感覺到身後的視線凶狠，而我無地自容。

她讓我覺得愛漂亮是一件羞恥的事。後來在回程的路上，我依然被訓了一頓，我應該要喜歡自己的「自然」才對，我心想，可是我不喜歡啊，我不喜歡這個原本的自己，連一點改變都是不被允許的嗎？

那個暑假我說，我想戴牙套。他們依然很反對我的決定，他們總是耳提面命，身體髮膚，受之父母，自然就是最好的。是嗎？母親帶我去牙醫診所，一面希望牙醫師能拒絕，卻拗不過我的要求，我跟她說，可以用我的獎學金沒關係，我就是想要這麼做。僵持了好久，他們終於同意，前提是我要自己支付那筆最初的訂金。

我想要做的種種改變，往往開口就等著被母親否決。

她會拿千百個理由堵住我的嘴，希望我不要這樣不要那樣，最好永遠不要改變。她不能理解這樣的我。

她甚至不能理解我的感性。記得一次坐在車裡，我向她分享自己看見的新聞，詐騙橫行，就連號稱公正公義的平台都可能涉及造假爭議，一瞬間我感覺我信任的一切坍崩了，總覺得這世上能相信的事愈來愈少了，我向她分享自己的難過，她卻完全不予苟同，只告訴我不要再亂想了，這件事無足輕重，不足掛齒，哪需要花時間傷心。

十七歲的我只覺得自己所有的情緒都被否定了。全世界我最希望能夠理解我的大人，卻選擇大力地無視了我所有的感受。只對我三令五申，希望我不要再這樣思考下去了，會得憂鬱症。

她的不理解像是壓垮駱駝的最後一根稻草，把我所有的希望都抹煞了，我有大把大把的時間卻不能自由自在，我不能隨便化妝因為會傷害身體，我不能愛漂亮，就算我其實真的那麼討厭自己。

我要相信原本的自己就是漂亮的，不需要做什麼額外的努力。我不能感性，我要收起這樣的自己，否則很快就會被世界淘汰的。可是「你要喜歡原本的自己」對一個

自我厭惡的人來說，就像是叫一個泫然欲泣的人掛上笑容一般，發揮不了什麼實質作用。

其實我不在乎誰的閒言閒語，誰不認同我都沒關係，可是被至親否定，就像是在我的名字上打了大大的叉，瞬間就讓我徹底潰堤了。或許這只是我對於親人過於奢侈的期待，我期待她能在全世界對我嗤之以鼻的時候，成為那個認同我、支持我的後盾，可她沒有。她朝我的反方向走，告訴我，不要難過了，我的感受都不是真的，它們都不存在。那瞬間我的存在像是被推翻了，想也沒想過，這麼對我說的人，是說她最愛我的那個人。

躺在自己房間的床上，只感覺自己絕望到一點期待都沒有了，才知道人生活到沒有盼望是多麼恐怖的事，那幾乎是失去了生而為人的任何一絲存在的意義，然後我寫下這些話：他在你面前笑得合不攏嘴，你就真以為他日日夜夜都這麼爽朗雀躍；殊不知他獨自心碎過千百回。在水聲壓過哭聲的浴室中抽抽噎噎，在三更半夜的單人床上哭到乾涸了淚水，他在那些無人知曉的地方傷心，從此沒有人能輕易看穿他的狼狽。

他在你看不見的地方支離破碎。

有的人看似完好無缺，內心卻已經四分五裂。

是我。四分五裂的是我。

我感覺我被狠狠地撕裂了。

然後我寫下這句話：活著是我對憂鬱最大的妥協。

原來真的會有一瞬間，我失去了面對一切的意義。

或許是我要求得太多，不應該渴望母親理解我，可是她的反應與行為，她那一點也不願傾聽的嫌惡模樣，真的讓我粉身碎骨了一百遍。

活著是我對憂鬱最大的妥協。

其實我一直不覺得自己愛漂亮，只是不想這麼討厭自己罷了。她卻無法理解這樣的我。十八歲生日那天，在無數次不被認同中，我的悲傷積攢到了最高點。半夜我花了很多時間寫信給她，想向她告解我的自卑與痛苦、我的

自我厭惡，傳出了那些訊息，我流著淚睡著了。從來沒有告訴過誰，我的十八歲是這樣開始的。

又一次我讓自己變得赤裸，掀出了血淋淋的傷口，孤注一擲地求救。我知道我還沒死透，而心底有一個聲音在吶喊著：我還想要活。

我還想要活。

翌日，她溫柔地喚我起床，告訴我，我的自卑其實沒有那麼嚴重，但如果我想，她願意和我一起面對。那應該是第一次，她在所謂「愛漂亮」這件事情上認同我。

在那之後，像是奇蹟般地，我們終於開始緩慢地了解彼此。她不再總是堅決反對我在臉上塗塗抹抹，甚至漸漸打開心胸聆聽我的想法。雖然過去她埋的炸彈依舊在我心底，以至於我仍然無法對她推心置腹，但至少我們都慢慢地，在靠近彼此的宇宙了。數個月後我搬進了宿舍，換了環境，不再總是朝夕相處的時光裡，我們的摩擦驟減，她的好也逐漸在我的腦海中深刻。

花了好長一段時間去消化和理解這段灰暗的日子，儘管一路顛簸陣痛，我仍在努力與這段不願提起的往事和

解。那挫折得不行的半年，活在極度煎熬的情緒中，失去了目標也失去了自由，受困於自建的牢籠，出不去也不讓誰進來，我認清了絕望的顏色，才知道快樂有多難得。

——獻給所有還沒死透的靈魂。

憤怒不過是喬裝的傷心

成長是認清自己身上的刺，其來有自。

十八歲脫離了與家人朝夕相處的時光，有了自己的空間，我才發現自己正在學會辨識那些，以保護為名的箝制。

幼時家裡管得相對嚴格，與朋友出門，我到了目的地必須打電話報平安，還得在晚上七點多就打電話報告「要回家了」，超過一點時間我就準備回家被數落一番，母親會坐在沙發等我，再斥責我是「一出去就像掉了的小孩」。

我並不能時常出門遛達，除了畢業旅行等學校舉辦的活動之外，出於安全顧慮，我幾乎不能去朋友家過夜，甚至僅僅是提出想去朋友家玩，也會遭到拒絕。不知道為什麼，總之母親的回答多半是否定的。印象中她的口頭禪是「我這樣做是為了你好」、「你怎麼變了，你以前明明很乖的」云云，所以後來我不怎麼啟口了，反正不會被首肯；但也多虧她的照顧，我度過了非常安穩的童年。

正因為如此，初上大學的那會兒，所有的體驗對我而言都是新的。

那個不自由的小孩現在終於能自己作主了。

才知道原來我能夠出去一整天不需要跟任何人報備，我可以不去上課只要對得起自己，我可以出於自己的意願安排課表或行程，我可以買自己想買的東西，不必在便利商店拆包裝後再偷偷塞進書包……我終於奪回自己人生的主控權了，再也沒有人得以置喙。

原來自由是這個樣子的。我欣喜若狂地想。

第一次自己去髮廊，披好圍兜坐在位子上，一瞬間我竟然不曉得自己想剪什麼髮型。因為在此之前，我都像隻母親旁邊的洋娃娃。她會陪我去髮廊，她會干預我的決定，所以我不用自己操心。

國中時學校紀律甚嚴，雖然早已是二十一世紀，仍然有不合時宜的髮禁。儘管沒有要求耳下兩公分的短髮，卻只容許稍微超過肩膀的長度。於是乎母親總是拚了命地鼓吹我剪短髮，她會說：「你看我們以前都是耳上兩公分

的，你們這樣規定已經很好了。」可是我好討厭短髮。正值青春的我，對於長髮總有種浪漫的憧憬，因此每次被要求剪短時，我心裡都迴盪著絕望。有記憶以來，我甚至沒有自己長髮的印象。

他們會特地開車載我到某間大學附近的髮廊，吃飯，散步，再順道讓我剪髮。但我不想。我不想再剪更短了。這樣的長度明明合乎服儀規定。

記得那次吃飯，母親坐在我對面，我強烈地反對剪髮的念頭，她卻充耳不聞，只告訴我這樣比較好看，我必須照做。機關算盡都阻止不了她的決心，一氣之下我含著眼淚偷偷在桌子底下踹了她一下，多希望她能停止這瘋狂的念頭。

我這一踢，讓她整個人就像隻盛怒的貓，似乎非得教訓我一頓不可。最後我非但無法倖免於難，甚至讓自己落到更加無可救藥的境地。想當然耳，我被拽進了那間我永遠痛恨的髮廊，店員親切地招呼母親，順手幫我圍上圍兜，當下我就像即將走上刑場被絞死的犯人，生無可戀，退無可退了。母親又回歸那個溫和可人的模樣，熟練地指揮店員，我看著鏡子裡頭的頭髮一點一滴減少，眼淚差點

滴了下來。她們一邊附和著母親的稱讚，一邊和母親聊天，而我明明是那顆頭的主人，卻像是空氣，或是沒有生命的洋娃娃一般，毫無存在感。有一瞬間我以為我不存在。

回家的路上我板著一張臉，什麼話也沒說，母親則在飯桌上指責我的桀驁不馴。與頭髮有關的齟齬早已讓父親與哥哥司空見慣了，但這次哥哥居然開口了，他對母親吼說：「你為什麼不讓她自己決定她想剪什麼頭髮？說真的剪短有比較好看嗎？」

是啊，為什麼不讓我決定我的人生？為什麼我只能一直是你的洋娃娃？

回到房間我照鏡子，只覺得自己的髮型好醜。明天還要去上學，我該如何是好。這樣的長度變化是一定會被察覺的，果不其然，隔天到了學校，我收穫了一些好朋友的玩笑。我明白她們不過是鬧著玩的，沒有惡意，只是不巧她們不清楚，這其實是一齣沉痛的悲劇。

後來即使頭髮短到幾乎綁不起來了，我還是硬把頭髮給紮了起來。因為我也討厭自己短髮的樣子。

沒想到有一天我能自己上髮廊，自己決定想要的造型。終於留了夢寐以求的長髮，卻總是在長到一個程度以後就受不了了，才發現我不是嚮往長髮，而是渴望擁有選擇的自由。

我只是想要活成自己喜歡的樣子而已，

不成為誰的洋娃娃，但成為一個有靈魂的人，

如此罷了。

　　某天我忽然下定決心把長髮給剪短了。帶著一顆害怕被注視的心去上課，朋友居然說，很適合我啊。不知怎地，在被注意到的瞬間，我像是被當時的記憶刺傷一般，眼眶不自覺地紅了。才發現剪短髮像是帶我回到國中走一遭，去面一面當年那個悲傷卻只能沉默的洋娃娃。我長大了。沒事了。那個恨短髮入骨的自己，好像已經不存在了。

　　原來我也能擁有選擇的自由。

有了自己的金融卡，我開始不會因為「亂花錢」而被碎念，畢竟他們沒辦法時刻檢查我的宿舍。我漸漸地找到自己喜歡的生活方式，把錢花在我認為值得的地方，打扮自己，讓自己喜歡自己。直到某次母親一時興起，將保存在她那的存摺拿去刷，一看大事不妙，她發現我竟然花了一筆錢在她不熟悉的地方。

　　那筆錢激起了她的關心，似乎是查到了什麼似地，那晚她發了瘋似地撥電話給我，並傳了一些關於我消費店家的新聞連結，似乎是害怕我怎麼了；但種種舉動卻讓我心中的警鈴大響。在我與朋友談天的過程中，她鍥而不捨地來電，而我已經預料到她要說什麼了，就對她這樣咄咄逼人的反應感到反彈。

　　我傳訊息希望她能停止這樣過度的關心，一來其實我始終不喜歡突如其來的電話，二來她過激的舉動有種恐怖情人之感，瞬間就讓我夢回曾經被控制的陰影，然後她果然說了存摺的事，並告訴我她的發現；正在氣頭上的我，卻只因為她擅自窺探隱私與緊迫盯人而怒不可遏。或許當時的我，也夾雜著一絲困窘與祕密被看穿了的惱羞成怒吧。

我告訴她，這樣做很像恐怖情人，然後大大地發了脾氣。原先語氣和緩的她也被我傲慢的態度給惹怒了，落下了氣話：「那以後都不要管你算了。」我逮到機會趕緊把陳年的積怨不吐不快，我說：「那是因為這些年來，我想做的所有改變，你永遠都不會同意。那我幹嘛問過你？」

　　一番脣槍舌劍以後，她問我：「你真的覺得我們的關係很差嗎？」

　　我終於把鬱結在心裡很久的話說出來了。我說，那是因為我們除了家人這個身分以外，不是朋友。

　　不是朋友。

　　曾聽友人蘇提起她的愛情故事，她說每當在感情上遇到困難，就會回家對家人訴苦，她的家人會好聲好氣地安慰她，再一起集思廣益為她想方設法。當時聽了卻只覺得羨慕，明明同時期的我也遭遇了些挫折，能做的卻只是躺在單人床上焦慮地望著天花板，然後努力撫平心裡的坑洞。

　　我從來不知道原來跟家人是能談心的。

　　其實我也很想當朋友啊。

只是受傷了幾次以後，我開始懂得武裝自己罷了。

互相負氣地說了一些不中聽的話，我以為我們的爭執大概就要落幕了，時間也晚了，我以為我們會帶著對彼此的不滿憤憤地睡去，但後來不知怎地，在劍拔弩張的氛圍中，她的態度突然軟化了。

我對她說：「有時候我也希望你能理解我，我能大大方方地訴說自己的需求；但從小到大我的經驗都是，我一開口你就會否決我，那我何必呢，何必說出來給自己捱罵呢。」

那次她居然向我道歉了。她說：「對不起，你們小時候我沒什麼錢，所以沒什麼安全感。」

繃緊的弦一下子鬆開，我看見這句話就落淚了。

沒有預想過會得到來自她的道歉，卻也是那時才意識到，我好像期待聽到這句話很久了，久到我根本不知道自己還在等，其實我還奢望能和童年的傷口和解。我想正是因為太愛了，以至於我們沒有意識到，愛也會扭曲或膨脹成各種形狀，不一定每個面向都是那麼得體，在這個過程中必定會見識到彼此醜陋的一面，我們會不自覺地想要

讓我在你心房安居

控制或支配對方，會期望對方能理解自己，甚至會不小心對對方懷抱超乎常人的企盼。其實一切都是因為愛啊，讓我們即使互相折磨也不願這麼放手。

　　那晚我一個人坐在宿舍的書桌前，躲著室友無聲地把淚流光，在螢幕這端顫抖著問她：「所以我可以相信你，對嗎？」她說對喔，然後告訴我晚安。

　　每次想到這裡都會流淚。

　　我知道她已經很努力在愛我了。

　　我泣不成聲。她跟我道歉了。沒有料想她會拉下臉向我坦承從前的困窘，也沒有意識到或許母親也有自己的苦衷，而當時我深陷在自己的悲傷裡，只覺得全世界都讓我腹背受敵。清楚地感覺到在那聲對不起之後，我心底有什麼徹底崩解了。後來我這麼寫道：

　　「其實我武裝的所有凶狠或冷漠，不過是害怕真實的自我不為你接受。

　　我這麼脆弱啊，相信你的時候，就是在默許你可以傷害我。知道親暱的代價是必須手無寸鐵，此刻我願意再相信一次，你會珍惜我，而非糟蹋我。」

　　媽媽，對不起，我也愛你。

直到後來踏入了一段關係，才覺察到，親密關係其實一次又一次地檢視了原生家庭在我身上鑿的破口。

比起表達「我受傷了」，我更傾向以冷戰表達自己的慍怒，堅持不把自己的感受說出口。我好像一直是用這樣笨拙的方式表達情感的，承襲我在原生家庭習得的原始方法：不滿的時候用沉默凌遲對手，直到他們向我投降。

雨林跟我說：「因為喜歡你，你鬧脾氣我當然都可以接受，但有一天我忍不了了怎麼辦？」我才幡然醒悟，了解到這樣的應對只是對關係的消磨，到頭來我羞於表達的理由也從未被揭露，於是傷口一直還在，問題遲遲沒有被解決，我只是在浪費彼此的情感，任由自己一而再、再而三地劃傷對方，嘔不成熟的氣，試探對方還在不在乎自己，要對方回想自己做錯了什麼。

- -

我想要他也感受到我的痛，才能確定他愛我，
殊不知愛是會在這樣你追我跑的過程中流失的。

- -

讓我在你心房安居

其實我很在意他，只是害怕自己小題大作，以為自己將情緒藏得很好，卻還是被他看透。定睛細視，才明瞭那些看似是憤怒的，都只是血肉模糊的傷心。

　　像當年那隻只懂沉默的洋娃娃，以為所有的難過都只能變成無言的睥睨，所以我才讓委屈都佯裝成憤怒的模樣，說到底只是擔憂自己的情緒不被聆聽，畏懼真實的自己沒有人要。

　　憤怒不過是喬裝的傷心。我擐甲披袍，卻始終希冀有人能發現我鎧甲之下的柔軟。

　　後來我拔下背上的刺，讓愛我的人觸碰我身上的溫暖。

　　我要誠實地言愛，大聲地說喜歡。

不存在

1

今天本該是大稻埕煙火節。只是突如其來的大雨，讓煙火不能華麗地綻放天際。

記得幾年前我們會特地回到爺爺家，在房間觀賞煙火，得意地笑稱自己坐在特等席，免去與他人摩肩擦踵的困境，優雅地欣賞煙火。

後來，某一年夏天，爺爺離開了。而我已不復記得那年煙火的形狀，甚至不確定當時的煙火究竟是否如期施放。

2

昨晚梳洗，坐在梳妝台前我才意識到，數年前的今天，我也還沒睡，而奶奶吃了安眠藥正準備強迫自己進入夢鄉，就接到那通電話了。整個家昏昏沉沉地要趕去醫院，在稀薄的記憶裡，她似乎微微怪罪了我一番，因為熬夜的我打擾到了她的就寢時間。我沒有說話，只是安靜地捱罵。

讓我在你心房安居

那一陣子覺得自己被縮得好小，告別式的那天，我站在家族中後方的位置，因為是女生，因為年紀小，在無人知曉的地方，感覺整個世界都在搖晃，幾乎快要昏倒，可是不重要，在死亡面前，根本不會有人注意到，一個論輩分和年紀都無足輕重的少女傳來的陣陣悲鳴。

　　只有舅舅，舅舅一見到我，就趕忙跟母親說，我看起來氣色很差，好像快昏倒了。

　　事後追憶，即便過了這麼多年，我還是感動得想哭。終於有人察覺了我的無助。

　　記得第一次去探望爺爺，哥哥在病房泫然欲泣的模樣，我至今記憶猶新；而我沒有掉下任何一滴淚，只是冷靜地擠出一抹不夠自然的微笑，就連出了病房，我依然面無表情，因為找不到任何表情如實反映我的悲傷。哥哥突然跟我說：「你看起來很適合當醫生啊，因為冷血。」明明過了很久，想起這些，心依舊被深深刺痛。為什麼我非得要用眼淚證明我的疼痛？不哭的人，從不代表他不難過。

3

好久以後跟喜月談到這一切，我跟她說，很多時候我感覺自己彷彿不存在。

一直都不是會站在風口浪尖大聲對質的類型，所以當衝突在我身邊發生的時候，總是忍不住本能地想逃。我會在發現苗頭不對後，就躲到自己的小房間裡頭，假裝聽不見他們刺耳的叫囂。他們會在爭吵落幕後稱讚我善於察言觀色，才總是能全身而退。可是一個吵架的旁觀者就像身處颱風中心的外圍環流一般，風雨其實大得我快被滅頂了，震耳欲聾的叫喊聲穿透牆壁刺進我的耳膜，明明看似與我無關，卻讓我切身地感到疼痛。

好想逃跑，卻早已無處可逃，名為家的地方倏地掀起了驚濤駭浪，才發現自己已經不知道還能流落到哪裡避難。

記得那次出門前的紛爭，早已站在門外等候的我在聽見爭執聲以後，發現門被風自然地掩上了。

於是我像個局外人般，站在門外靜靜地聽他們咆哮，彷彿一切都事不關己。內心的焦慮像野火一樣征服了我，

可是在這個節骨眼上，沒有人會在乎一個既不是當事人、也不是直接受害者的感受。我無所適從，不曉得該怎麼做才能弭平戰火，無能為力的罪惡感讓我不願打開那扇門直接地面對那些醜陋。

大概半晌之後，我會看到那個誰在我面前哭，遂一邊小心翼翼地說些安慰的話，邊想盡辦法拿出一張衛生紙給對方揩淚。有機會的話對方會開始傾訴自己的滿腹辛酸，然後我會面無表情地聆聽。

然後呢？沒有然後了。我會默默地吞下這些事，佯裝什麼也沒發生過，反正生活還是照舊，爭吵只是人生的必要之惡。

很久以後我才察覺，我會面無表情只是因為，我清楚那個時刻有人比我更需要用眼淚抒發情緒。

身為旁觀配角的我，有什麼好哭的呢？我又不是風暴中心，對吧。

然而也因為如此，似乎多數時刻，我的情緒都是被漠視的，甚至連我都會說服自己，其實我壓根沒那麼舉足輕重。不是當事人，不算受害者，不是發脾氣的人，甚至也不夠重要到足以影響任何事。

在那些激烈的齟齬背後，沒有人會看見躲在門後的我撕心裂肺的難受。

他們都只專注在眼下的爭執，沒有人有餘裕在意我會不會難過。

我知道這不是他們的錯，也不願怪罪任何人。每個人都有自顧不暇的時候，或許這不是任何人的不對。只是有時我會感覺自己介於存在與不存在之間，輕得好像馬上就會泯然無跡，所以才沒人發現我的困窘。

4

這場大雨似乎稀釋了今日份的悲愴。今天家裡聚集了好多人，沒有人再言及往昔烏雲罩頂的淒涼。曾經的痛徹心扉也像是不曾存在過。可是今天沒有煙火了，我不知道這場雨，是不是誰的淚滴。沒有關係，如果你還在哭泣，我願意靜靜地聆聽。

5

驀地憶起一件事。

有天他說，某次在臉書上看見一位老師分享了一篇動態，標注的那個名字正好是以前他參加社團其中的一

員，點進去那人的頁面，方才驚覺，她似乎已經離開人世了。頁面上留下了大大小小的想念，可有些話，吼得再聲嘶力竭也難以傳進她耳邊。

他嘆了一口氣，然後說：「原來有些見過面的人已經離開了啊。」

頓時我竟有些鼻酸。不勝唏噓、不勝唏噓。前一秒好端端的人，也能在一瞬間就不存在了。

6

不存在，存在，不存在，存在……生命的堅韌與脆弱都凌駕我的想像，以為可以一輩子的，卻在下一個路口鬆開了手；以為撐不過明天的，又奇蹟似地活過了一個冬天。所以在有限的生命裡，我要盡可能無限地，愛著出現在我生命中，每一場無與倫比的相遇。

別擔心，所有的不存在，都已經存在我的腦海裡。

致每一個絕無僅有的存在。

猶豫了很久是否該將這些篇幅留下，最後還是決定讓他們繼續放在這裡了。寫下這些並不是因為厭惡自己的原生家庭，而是因為太愛了。他們在我心中的分量遠超過我所能形容，在這個家庭裡，我第一次明瞭愛為何物，它能是多麼複雜又精密的情感，不全然只有好的部分，也會有自己的陰暗。這些記憶對我而言很重要，寫下這些並不想對任何人進行指控，只是每個人愛人的方式都大不相同罷了。這些年來也見過許多為家庭所苦的朋友，所以希望我的分享能替你們帶來一些寬慰。沒有一個家庭是完美的，但這無損我深深愛著他們。爸爸媽媽哥哥，我愛你們。

適合
一個人

我不喜歡團體生活。

年幼怕生的我總是躲在母親橘色長裙的後面窺伺外頭動盪的世界，長大以後不再這麼羞澀了，卻還是無法習慣團體行動對我的桎梏。

常常感覺自己在與人單獨相處和群體行動時，會出現不同的人格。在少於四人的朋友聚會中，我往往可以自由自在地表達想法，活潑聒噪得一秒也停不下來，不擔心自己的話語是否會被誤解成別的樣子，不多慮身邊的朋友會不會在下一秒偷偷討厭我；然而一旦必須在人多的群體中活動，我會瞬間變得安靜內斂得像誤入都市叢林的梅花鹿，綁手綁腳地失去自己的性格，害怕八卦和耳語，更恐

懼所有穿鑿附會的捕風捉影，畢竟我永遠不知道說出口的話會被歪曲成什麼德性，也不清楚自己脫口而出的祕密會被傳到哪裡去。正因為見識過流言的傳播力，才選擇盡量避免所有可能的爭議。禍從口出，禍從口出，我總在心裡對自己三令五申。

記得某次與好幾個人一同出遊，明明還很餓，卻因為同行的人覺得飽了，只好默不作聲地壓抑自己的食欲，順從多數人的意見；畢業旅行吃合菜時，我總是不敢照自己的喜好舀菜，生怕旁人會不夠吃，加以自己動作與吃飯都比別人慢上一截的原因，每次都讓用餐變成勞心勞力又吃不飽的大雜燴，更別說夾一口菜要轉過一輪，動輒等到心灰意冷；年紀漸長，年夜飯也愈來愈令人心力交瘁，那些陌生卻時而尖銳的問候、輪過一圈又一圈的飯菜，都令我無法忘情地享受節慶團圓的美好。

我好像是這麼被教育著長大的：要處處顧慮大家的感受。所以這麼多年來，團體生活給我的感覺，就是不能擁有太多自我。

委屈自己也沒關係，不可以把情緒表現出去。

這樣不得體。

結局就是我總是在這樣的過程裡磨損自己。

就連家族旅遊也不例外，只要人一多，時間就像照妖鏡，將令人疲憊的部分悉數毫不掩飾地晾在我們面前。

配合別人絕非易事，即使是最親近的家人，長時間相處也不免產生摩擦。

只和一個人協調或許還稍有餘裕，若數量變成三以上，那麼滿足每個人的需求，就變成了一件吃力不討好的苦差事。誰都必須有所妥協折衷，誰都無法百分之百盡興，嫌隙遂於此而生。

幾年前那趟日本之旅，果不其然家人們在旅途中起了爭執。父親和哥哥對逛街的行程沒有多大興趣，而我和母親則無法抗拒購物等行程，自然就在這方面喬不攏了。

生怕衝突的母親會在挑選商品時警告我不能停留太久，並吩咐我不可花太多錢，我們應該要少買點東西，我

們應該如何如何⋯⋯不然等一下又要被念了，行李箱要爆了等等。

父親是個自律甚篤的人，守時、認真、規律作息，像是孜孜矻矻勤奮不懈的時鐘，我能從他的為人看見他持家的穩定與責任心；可我不是，我懶散、怠惰、天馬行空，活得像幅潦草的書畫，隨意地生長在這雜草叢生的世界。也因此我和其他家人偶爾都會被罵得狗血噴頭。

忘了那天是為什麼被責備了，大概又是圍繞著雷同的事情打轉，可能是我花太多金錢和時間亂買東西了，也許是我們幾個太晚起了，抑或是全家人的行李箱要裝不下了，甚或我們太沒有章法和紀律了。

往往旅行到了倒數幾天，氣氛都會變得烏煙瘴氣，因為得憂心行李空間的額度，會不會東西放不進行李，會不會身無分文一貧如洗云云，這些當然都是相當實際且必須考量的問題，只是那些訓斥不免讓空氣變得格外凝重，難得出國遊覽的好心情都快消失得無影無蹤了。

這不合你意、不合我意、不合他意、不合她意⋯⋯每個人都在努力配合別人，每個人都滿腹委屈。

讓我在你心房安居

在如此絕望的情況下吃了晚餐，全家的氛圍降到了冰點，沒有人說話。有時候感覺自己像個累贅，買了很多東西佔了一堆空間，力氣小又不敢當和事佬居中調停諸多齟齬，到頭來我只想一個人靜靜地待著，誰也不想靠近。

就在此時，腦中浮現了這句痛心的話：「或許我只適合一個人吧。」

好像不管怎麼奮力磨合，自己身上的稜角還是難以抹去；好像不管怎麼討好迎合，自己身上的尖刺仍然無法藏匿。

「可能我就是個怪人。」我不免這樣思考。

我的銳利與怪異、乖戾與孤僻終究是不能被接受的。

沉浸在悲傷裡的晚餐，我盯著桌上刻意點的最便宜的茶泡飯，沒有人開口談天說笑，正好給了我完美的機會觀察隔壁桌的情侶。他倆有說有笑談天說地，氣氛和樂融融，好不開心，手機被妥貼地放置在一旁，兩雙飽含著愛的眸子就這麼目不轉睛地瞅著彼此，畫面美好至極。坐在旁邊的我感染到如斯甜蜜的氣息，倏地認為他們好可愛。

開動之前先互相幫對方照相留念，準備吃飯時他倆

畢恭畢敬地合掌說了句「我開動了。」

津津有味地完食之後慎重地雙手合十，道出一聲「我吃飽了。」

就連吃飯這件稀鬆平常的事情，他們也從未打馬虎眼，虛應故事。

在相愛融為日常的時間裡，對於愛，他們仍然慎重其事，沒有一點怠慢。乾淨得如同初識般純粹動人。

那一瞬間我覺得，或許我也會找到適合的那個人。

有一天我也會適合一個人。

他不會嫌棄我的怪脾氣又愛生氣，他會等我一字一句說清我的情緒，他會願意陪我走完一輪又一輪的四季。

我終究會找到讓我感到舒適的關係。

所以在這之前，我一個人也沒關係。

我親愛的
陌生人

　　在這所學校不知不覺已過去好幾個年頭。從初來乍到的生澀到而今的駕輕就熟，新鮮感一點一滴消逝的時候，難免感覺一切總是荒蕪又冷漠，習以為常的生活侵蝕著我的意志力，但是卻又總能幸運地在令人心灰意冷的轉角，遇見出乎意料的溫柔。

　　雖說習慣了這樣的日常，但我總歸是習慣不了這裡的天氣。

　　四季皆雨的台北往往讓人難以忍受，尤其是冷冽的冬天，寒意挾帶著雨滴，總在無形中削弱了生存的動力。一早拉開窗簾，發現外頭又是灰濛濛的一片，不知不覺就又低落了一點。那年秋冬，滿懷著希望抵達了一個地方，

才發現不少來到這裡的人都懷抱著難以言喻的心事，人們撐著雨傘在校園裡，也一併放棄曬乾自己的心。大概會一直發霉的吧，台北。

討厭這樣的天氣，卻還是離不開這裡。

我常在心裡嘀咕，其實台北就像一個賤人，平時對你張牙舞爪、情緒勒索，讓你恨得咬牙切齒；可是怎麼辦，她頂尖、漂亮、實力拔群，她一衝你笑，你還不馬上服服貼貼了。害得你只能罵自己不成材，待在這裡，卻還是抵禦不了壞天氣。

每逢冬天都會聽見一些令人遺憾的耳語，一年、兩年、三年……才發現台北的天氣永遠都不會好了，才知道原來看似光鮮亮麗的地方，藏著多少潰瘍。沒有人敢碰觸那些鮮明的傷口，因為一旦伸手，就會開始刺痛。

這樣沮喪得感覺一切都無所謂的我啊，居然還能在絕望的轉角遇見光。

一直都是忘記留餘裕給自己的人，截止線前總是能看見狼狽的我，要遲到的前一刻會看見我也在狂奔，好像總是學不會成為從容優雅的大人，不停因為自己的影子而

跟蹌。是這樣紊亂的我啊，在十萬火急的那一刻，竟然被無數個不具名的善意給抱緊了。

　　還是新鮮人的時候，曾經不喜歡這座腳踏車雲集的校園，一旦卡進車陣中，就難保自己的車能平安脫困了。當時年紀與力氣都甚小，常常費時在車棚磨磨蹭蹭地努力拔車，但怎麼努力都像是徒勞無功，其他台腳踏車絲毫不願鬆口，於是我的車被緊緊地咬住，任憑孱弱的我再怎麼使出蠻力，卻仍動彈不得。

　　在烏雲罩頂、絕望到無語的那一刻，有一個身影靠近了我，開口輕輕地問了：「同學，你需要幫忙嗎？」儘管是多麼羞於求助的我，卻還是腆著臉應了聲好。我真的需要幫助。他像是我前些天在書裡讀到的救世主一般，頭頂著光環從天而降，替我分開了難分難捨的車，在文學院外頭的我瘋狂向他道謝，只聽到他是個快畢業的歷史系學生，其他的資料我一無所知；可是沒關係，我默默在心底發願，有一天我定會將這份感動傳承下去的。

　　在這所學校不只拔車困難，就連停車也可以演變成一大障礙。腳踏車的稠密性動輒讓我在停好車的瞬間，一個不注意就將整排車撞得東倒西歪。某個趕著要參加小考

的日子，正當我慶幸自己終於找到了停車位，能順利應考時，停到一半卻不小心碰到了隔壁的車，接著像是骨牌效應一般，旁邊的兩排車就這樣被我硬生生弄倒了。

　　我目瞪口呆，就連路過的遊客阿姨們也跟著驚呼起來，頓時我心裡涼了一半，想著死定了，大不了就遲到吧，然後準備使盡吃奶的力氣將車子全部物歸原位。這時一個背著羽球球具的男生經過了，他什麼話都沒說，卻開始幫忙我把歪七扭八的車子通通撿起來，我趕忙向他道謝，心裡的感激溢於言表，不曉得該如何回報，只能不停向他鞠躬。他也只是一派輕鬆地擺了擺手，就這麼瀟灑地離開了。目送他揚長而去的背影，忍不住覺得這天陽光無比燦爛。多虧他的幫助，那天我準時考到了小考。

　　還有好幾次，在期末考即將遲到的雨天，我的車卡在其他腳踏車之中，當我心急如焚地想抽開，卻發現被抓得更緊，心裡的火愈來愈弱，就快要熄滅之時，突然有一個柔和的聲音傳來：「需要幫忙嗎？」那個聲音彷彿是一切溫柔的集合，默默地在危急時刻出現，然後悄悄地消失在任務完成之後。那一瞬間我有了想哭的衝動，前一日挑燈夜戰到三更半夜的我，無助到不知所措的我，就這樣被陌生的善意給保護了。

很多個我覺得自己就要跨不去的片刻，是這些不具名的善意支撐了我，度過一次又一次的困難。他們不要求回報，儘管我身上什麼也沒有，卻還是願意以無私的愛灌溉我。

長大以後才知道，不要求回報，
早已是這世上無與倫比的溫柔。

這也是為什麼，從那時起，我希望自己可以從一個被載的人，轉而成為有力氣載人的人，因為收過太多美好得令人動容的善意了，遂突然生出了使命感，希望能將這份溫暖的火炬延續下去。

後來我變得強壯了，漸漸地搬動腳踏車不再是難事，甚至學會了載人，能替沒車的朋友減輕負擔，不僅如此，令我意想不到的是，我也學會了在別人遇到困難的時刻伸出援手，在腳踏車的車叢之間匆匆冒出，拯救和我有過相同處境的陌生人，然後在成功以後掛著笑容瀟灑地走開。

才懂得給予和接受，兩個相對的概念，卻有截然不同的感受。

一直是性格怯懦、比較受人照顧的人，卻沒想到能在時光的淬鍊之下，成為一個照顧者。我這才意識到，能夠給予，是多麼值得為自己感到驕傲。原來我有能力照顧自己與別人了。原來我也可以做得很好。

可哪怕是早已如此得心應手的我，也還是會有人算不如天算的時候。又有一次，腳踏車不小心卡進了鄰人的齒輪，我著急地想移動，卻發現愈是移動，愈是緊緊相黏。幸運的是，車主恰好趕回來了，他察覺了我的窘境，只是揚起好看的笑容，告訴我，沒關係喔。然後輕巧地將我倆的車子分開了，我又驚又喜地向他說抱歉與道謝，他不過擺了擺手，露出一抹禮貌的微笑，隨後就揚長而去了；留下我杵在原地感動了好久。

明明是我的錯，卻還是願意這麼體貼地對待我，在對人性感到迷惘與失望之時，這一幕幕畫面，總能讓我又燃起一絲希望。我知道這世界還有人願意擎著善良的火炬，即使多麼燙手，也不會輕易讓它失傳在這混亂的世道之中。這是何等的美好呀。

後來又有一次，和朋友相約了聚餐，我的車卻硬生生卡在車陣之中無法輕易抽開，我使勁了全力卻只是不停在詭異的平衡中空轉，恰好來去匆匆好幾個人影，沒有人出手相救。天色漸暗，我的心也逐漸下沉，待在人煙愈趨稀少的地方，只會更加求助無方，正當我對於自己即將遲到感到萬念俱灰之時，一個原先騎著腳踏車的男生忽然下了車，開口問了我是不是需要幫忙。

　　沒有言語能好好地描述當下的心情。那是在一片汪洋裡唯一向你飄來的浮木，不關心你的心情，只是盡責地替你解決眼下的困境，我看見他的手因為我的車而染上了墨色，眼眶竟然也變得溼潤了。只見他在結束以後光速回到了車上，向我道別，而我也只是瘋狂地向他鞠躬致謝，想了好幾次是否該請他喝杯飲料，卻又生怕這是一種打擾，甚或是對他善行的一種玷汙，最終我還是讓他離開了，只記得他的車上似乎別著一隻黃色小鴨。

　　是這樣很平凡很平凡的相遇，沒有偶像劇情節的浪漫邂逅，可是每次遇到這樣無條件的幫助，心底的感動總是難以平復。

　　後來才明白，最難的是不求回報的愛呀，不是嗎？

我親愛的陌生人呀，或許看到這裡的你也曾和我有過一面之緣，也許我們也曾經在人生的道路上互相扶持，照亮了彼此回家的路，只是我們從不曉得彼此的姓名，不曾有過多餘的聯絡與關心。謝謝你曾經在生命的某個轉角，因為一個出於本能的舉動，接住了一顆即將坍崩的心。

　　即使不會再見面了也沒關係，我會繼續讓這份純粹的善蔓延下去。

　　獻給所有所有不具名的善意，是你們讓這個看似冷血的社會有了體溫，是你們在多少令人寂寞的風景裡上了色。

　　陌生人，我愛你。

　　　　　　　　　　　　　　　讓我在你心房安居

再見
要說三次

楔子

「你知道再見要說三次嗎？」

第一次接收到這樣的概念大抵要從電影《她愛上了我的謊》開始說起。

她在與他分別以後，即便整個身子都進了家門也堅持要把手露在店門的外面，只為了向他完滿無缺地揮別。

他在轉身前再回頭看了一遍，看見她的手還在揮動，幸福地笑了。

那是我初次意識到，原來再見可以是那麼浪漫的事。

後來在書上讀到，人們會把依依不捨的眷念藏匿於言不由衷的語氣，把深深淺淺的依戀表現在稀鬆平常的道

別裡，或許不説什麼互古不變的誓言，卻用眼神與誠懇來圓滿一整輪陰晴圓缺。

像是在説：「直到最後一刻我也不願意鬆開你的手，直到最後一刻我的視線也不會從你身上悄悄溜走。」

想説的話説不出口，想留的人不得挽留，我只好用雙眸承載所有離情，把眼淚頑強倔強地壓進眼眶，笑著和你説，一路順風。

正文

他的笑容漾進心裡，還是那樣清晰，似乎一伸手就能掬取。

那是心跳的聲音，已經太久、太久沒有如此熱烈而悸動的感覺。心動和喜歡是斑剝的牆上無從辨析的古文明，不吵不鬧寧靜致遠───直到有人初次替它拂拭了塵土，如槁木死灰的心靈彷彿又能被喜悦眷顧。

所幸上頭鑄刻的字眼仍是一清二楚，可惜的是，在有限的時間裡，尚無法解讀乾淨。

日常是枯燥的學校生活。宛若失去知覺一般，行屍

讓我在你心房安居

走肉地駛過著近乎一模一樣的軌跡 ，每天都是上學、考試、回家、睡覺，然後輪迴，日復一日地教人對希望索然無味、嗤之以鼻。

今天和昨天如出一轍，昨天又會重蹈前天的覆轍，因循苟且地順從著日子的齒輪輾壓過生活，我默默地把日常過成標準化的製程，每一個動作看似流暢卻杳無生氣，像久病厭世的病人，看不見生命的縫隙，於是也沒有一絲一縷陽光能穿透這一切，風乾我心中潮溼的陰鬱。

日子病成一首詩，也曾幻想過所有不藥而癒的可能性，
但生活的斷垣卻始終沒有被填補的跡象。

想說出口的話失效到期，因而脫誤甚多，郭公夏五，無從娓娓道來。生活黯淡得如同眼下愈加青黑的眼圈，無從逃避卻不願提起。

現況是多麼慘澹，但再難過的日子還是得含著淚死命地向前。

而他恰巧跑得快過白駒，搶先一步穿越了時光的罅

隙，不經意地跨越雷池，抵達我的心門口。

那是他生日的當天。

一群人就這麼浩浩蕩蕩地在校車的最後一排替他唱起了生日快樂歌，像在昭告世界似地，不怕張揚，不避鋒芒。

「生日快樂！」

他笑得眼睛瞇成一條線，爽朗地說謝謝。

我在最遲的一刻把卡片給遞上了，裡面大致寫著彆扭的祝福，總之，對於能參與他的十七歲與有榮焉。

十七歲，好似所有浪漫都會翩躚而至的年華，我們卻被禁錮於升學壓力的縲絏，等不及春光乍洩，業已筋疲力竭。

又是抬起頭一片烏漆抹黑的日子。踏下校車，沉重的步伐再也臨摹不了昔日的輕快，機械式地移動自己的軀體通往回家的路，還是忍不住笑了，腦海映著一群人把校車後排座位當作狂歡派對的瘋狂行徑。

伸手不見五指的夜裡，你一盞笑容就足以照亮我的悉數黑暗。

「生日快樂，能參與你的十七歲我實在是很榮幸，願你能平安地抵達你想去的地方。」

這是當時寫在他卡片裡的內容。

即使那個地方不一定有我。

在校車內的我們嬉鬧歡笑、喧譁得沒心沒肺，彷若今天所有搞砸的考試皆不值一提，姑且拋下眼前即將面臨的種種多舛與不順遂，在月黑風高的日子裡，能笑就要讓自己笑到合不攏嘴。

日曆還來不及翻頁，轉眼已到達隔天。

逐漸有人要下車，一個接著一個，轉眼間後排座位只剩下小貓兩三隻。

他說，他要陪我走回家，要陪我過馬路。用玩笑的口吻說著讓人心悸的話，用不正經的語氣調侃著曖昧的距離。

「可是我回家沒有要過馬路耶。」不解風情如我。

然而他幾乎說出了我家的地址，還說沒關係，他陪我走到大門口。

他刻意讓自己坐過站，推辭了成千上萬個可以轉身離去的機會，只為了陪我回家。

習慣了太過風平浪靜的日子，於是任何人造成的漣漪都像極了驚濤駭浪，身處其中的我，特別容易暈船。稍一不慎便落入他眼裡的漩渦，甚至跌入了他笑起來異常深邃的酒窩，跟著他的世界一同天旋地轉，意亂情迷。

我用玩笑的口氣說著好啊，沒有問題。

在昏黃的燈光裡看不見我已漲紅的雙頰是這趟路途最大的慶幸，我在心中暗忖。

太傻了，被一句半開玩笑的話語挑逗得毫無招架能力。

從不敢和別人談起，原來我的心動那麼廉價，

原來我的心跳可以被操縱得輕而易舉。

他在下車的時候回頭望我，說著一句「我等你喔。」笑得比白晝的太陽還熱切，晒得我的臉龐暖烘烘。

後來，我們都只是笑著，不發一語，眼睜睜盯著校

車揚長而去，大概都是第一次面臨這樣詭譎的氛圍，不懂得怎麼樣陪伴另一個人走回去，於是只能尷尬地相顧而笑。

最後倒是我看著他過了馬路。

我輕聲在他耳邊說：「夜深了像你長這麼可愛要小心回家喔。」

他瞅著我微笑，隻字未應。不知是被什麼樣的情感矇了眼，我讀不出他神情裡是否別有深意。

過完馬路，只見他站定，旋身，在電光石火的一瞬間，他衝著我露出了前所未有的燦爛笑靨。

我積攢了萬年的陰翳，原來是為了讓你為我撥雲見日。

笨拙的羞澀的靦腆的憨厚的，他笑逐顏開的樣子格外亮眼，遠勝頭頂的橘黃路燈，我只瞧見他舉起手向我說再見。

「你知道再見要說三次嗎？」

第一次再見是我們尚未分頭走，第二次再見是我篤

定你會回頭，第三次再見是在心上為你打千百個結，待你攜著一身光彩燁燁，只替我迎刃而解。

目送著他的背影，在種滿阿勃勒的人行道以飛速狂奔消逝在我的視野，我第一次想去追。

後記

好像如果這一段心動的紅塵往事就這樣過去也無所謂，就這樣心臟被劇烈地衝擊也無所謂，一無所獲也無所謂，我們在交會的那一瞬間，就得到了彼此最珍貴的——青春的雪泥鴻爪。

那是你十七歲後的沒幾天，很榮幸參與你如此新鮮而青春洋溢的十七歲，當時十六歲的我甚是感激。

只是念及你的十七歲某個夜晚的燈火闌珊處有我，就值得我把記憶縫在耳後，只要你輕聲呼喚，我就願意為你驀然回首。

無疾而終也沒關係。

首次明白再見也可以那麼別具意義。

這是關於一段沒有名分的心悸。

全篇寫就於 2018 年，2023 年的此刻回頭看實
在太過羞赧，卻切切實實地捕捉了我青春的樣子，那
個胸懷浪漫、喜歡寫故事的女生。甚至不記得「暈船」
這個詞在當時有沒有被廣泛地使用，但總之，就是這
麼出現在這裡了。十六歲的我，好樣的。

　　謹以此記念我荒誕的青春。

「你知道再見

　要說三次嗎？」

　　　　　　　　　讓我在你心房安居

第一次再見是我們尚未分頭走，

第二次再見是我篤定你會回頭，

第三次再見是在心上為你打千百個結，

待你攜著一身光彩燁燁，只替我迎刃而解。

他捧著

源源不絕的溫柔

找到了我

來自身邊人們的愛將我緊緊地包裹，
即便仍然不夠好，卻一直被各方的溫
暖所惦記著，何德何能。

最聰明的
愚人

「你有時候會不會很討厭自己啊？」

「不太會耶，因為我知道我就是這樣的人，只好學著接受這樣的自己。然後你是不是偷偷討厭自己？不准討厭自己耶。我是這麼喜歡你，所以不准討厭自己。」

（好嗎，不要糟蹋這麼喜歡你的，我的心意。）

某次深夜裡雨林透過電話這麼對我說，而我怯懦地應了聲好，只覺得胸口熱熱的。這世上真的會有人願意喜歡這個滿是瑕疵的我嗎？

硬要說的話，連我都不喜歡自己。所以倘若初次見面的人立即對我釋放好感，我通常會恐懼得無所適從，因為我不相信有人會對我一見鍾情。像一隻不講道理的貓，

我會喜歡上的人，通常一開始都不會對我熱情得太明顯。

　　好像比起被愛，更享受追尋；似乎比起穩定，更鍾情若即若離。我想這些都是我對愛最原始的想像，從小到大我以為是愛的瞬間，往往都摻雜著一絲不確定：不敢篤定對方會不會在下一秒就突然暴跳如雷，不敢保證對方會不會在下一個問題就厭煩我的毫無邏輯……對我而言愛是間歇性的大雨，幸運的話，我便能沐浴在幸福的雨水裡，然若流年不利，我就乾涸得準備枯萎。

　　所以我要乖。我要學會見風轉舵，才能讓自己全身而退。

　　我以為愛一直都是這樣的。是以一旦有人不小心施捨了我一滴水，我就會想拚盡全力抓住他。

　　然而會喜歡上他，除了因為他的溫和寬厚與不卑不亢之外，或許也是因為他的不刻意躁進。還沒和他在一起之前，我們充其量只是沒有太多交集的同學。陰錯陽差之下，我成了請他幫忙的常客。某次被認識的老師託付了重要的任務，懇求了這麼多人幫忙，只有他願意這麼不遺餘力地解決我的問題；修了一門經濟學的課，卻連考卷上的

英文都看得一頭霧水，我也是厚臉皮地跑去找修過的他求教，他不但不敷衍，還認真地替我解惑，每次我總是感恩地表示想要請他吃飯，豈料他説什麼都不肯。我一邊心想，這人大概對我沒什麼特別想法吧；另一邊心裡著實愧疚萬分，畢竟平白無故讓對方為我辛苦為我忙，怎麼想都不厚道。

後來他從我的同學變成前同學，理應變得疏遠的關係，卻意外變得更加靠近。好巧不巧一起參加了同個體育社團，一群人都會固定在練習結束之後一起用餐，我們也因此有了更多互動。他是個很會顧慮氣氛的人，但偶爾也出乎意料地調皮，導致我不時深受其害，久而久之就忍不住對這個人在意了起來，會不會他其實也對我有點好感？

那之後又隔了一會，我們漸漸演變成會互傳訊息慰問的朋友，他甚至會在我生病時送上關心，説要來探望我。某個年假實在無所事事，就頻繁跟他在訊息裡分享自己的故事，他也都體貼地扮演我最好的聽眾與評論員，或許因為當時的生活沒有什麼事好掛心，每天在乎的就是他會不會回我，像是把所有重心都放在那一個小視窗上，如

今想來著實非常不健康。

　　記憶猶新的一次談天發生在除夕夜。那天和他聊天，講到一半他猛然插了話，說了自己也有從其他女生那裡聽到什麼內情，並且聲稱為保護對方隱私不便公開是誰，還故作神祕地試圖將話題帶走，他語焉不詳的態度恰好引爆了我的不安全感，我開始對他語帶保留感到不滿，絲毫不問我倆當時不過是普通的朋友關係，我就在方過大年初一的凌晨十二點，對他火爆地發了脾氣。見到平時這麼溫和的人大發雷霆，他一改平時的輕佻，居然鄭重地向我道了歉。無奈當時正在氣頭上的我實在無法就這麼接受這樣沒頭沒尾的抱歉，就這樣折騰了三個多小時，搞到最後我倆才各自帶著疲憊去睡了。

　　隔天他戰戰兢兢地詢問我的心情，過不久我們就重修舊好了。我繼續過著因為他的偶爾失聯而忐忑的日子，活在失重的宇宙，不願自力更生，以為自己非得要倚著什麼才能過活，卻忘了我也能只是我自己。

　　不久我再次回到繁忙的軌道，重新檢視這段過往，才發覺當時的自己簡直錯得離譜，不禁悔恨得捶胸頓足。

我到底在幹嘛？怎麼能隨便將自己的不安全感發洩在一個跟我非親非故的人身上？明明一直都自認是個溫順也不愛挑起紛爭的人，但跟他相處的我是怎麼回事？為何他的一舉一動都能輕易地挑戰我的底線？

我才意識到，或許平時的我也同樣默默在意著許多外人看似微不足道的事，卻因為種種原因與限制，諸如不想傷了和氣，或者不想讓別人忍受我的壞脾氣等等而作罷，但在他面前我容忍的閾值居然變得出奇地低，我幾乎要被撕扯得判若兩人。

- -

我還是我嗎？好像只要有了一點點喜歡，
就會變得異常脆弱，失去了原本自己的顏色，
變得只能依傍著他人過活。

- -

回歸庸常以後，我審慎地反省了自己的脾氣，並一再告訴自己我們什麼都不是，我沒有理由與資格對他發怒。也總算好好放下了自己那顆漂浮的心，停止一切患得患失的小劇場，不再讓生活只剩下一個亮點。

某天夜裡突然念起之前他説，因為離開了舊環境的關係，常感覺和以前朋友有些隔閡，偶而感覺心空空的。想起自己在過去給他添了這麼多麻煩，我便決定邀他一起吃飯，希望他能多少感受到故友的溫暖。而後他答應了，還特別強調不會給我請客。

　　那之後我們逐漸交好，春假前幾天，他問我要不要一起去逛書店，然後就這麼説定了。回程的捷運上，他遽然變得異常安靜，只慢吞吞地吐出一句，他想去湖邊看鴨鵝。因為前些天他就特地在訊息上提過了，所以儘管我起了點疑心，還是不疑有他地跟他説沒問題。

　　到了湖邊，我倆停好腳踏車，我指著某隻鴨子不解風情地説那是未來的薑母鴨，然後我們大笑，接著迎來了罕見的沉默。他轉頭看我，叫了我的名字，緊接著説：「我喜歡你，我覺得跟你相處很舒服，你願意跟我在一起嗎？」

　　我大吃一驚，還沒想好自己的答案，倒是先脱口而出：「你知道今天是愚人節嗎？」他彷彿早料到我會這麼問，反而一本正經地回：「我知道，但我是認真的。」

　　實在沒料想到會發生在這個當下，以至於當下我的腦袋一片空白得無法運轉。我一個字都説不出來。明明這

是我期待很久的事，但當一切終於如我所願的時候，我卻不知道如何反應了。

磨磨蹭蹭了許久，最後我終於還是應允了那句喜歡。

我們總算順利在一起了。愚人節誕生的情侶，怎麼想都有點滑稽。

後來才發現，或許他才是最大智若愚的那個人。明明錯不在他卻願意先向我低頭，看透世事卻從不在人前一語道破。他願意聽懂我的難受並給我恰到好處的溫柔，但該說實話的時候也一絲不苟，儘管當下我可能因為醜陋的現實而怒不可遏，事後卻不住敬佩他的剛柔並濟。

一份愛浸泡在時間裡，將會不可逆地讓兩個人變得親密。可在我看來，變得親密的同時也代表著，自己的瑕疵將會明擺在對方面前，避無可避，無處可去。

也曾想過或許不要擁有才能長久，但我想，愛或許就是披著自卑也要和對方在一起的衝動。

然而過去的習慣依然時不時掐住我的咽喉——變得狎昵以後，我總是下意識地想退後。就像被掌握了祕密之

後便不自覺地感到焦慮與煩躁，追根究柢不過是因為，我害怕我在乎的一切都變成被攻訐的弱點。

但他總是恰如其分地引誘我爬出自己挖的洞，告訴我外頭的世界很安全——起碼他在身邊。

我半信半疑、搖搖晃晃地踏出了舒適圈，一時之間不習慣外頭的光亮，索性閉上眼，而他便自然地牽起我的手，依著我的步調陪我緩慢地走了一段路，看我緊張兮兮，便在耳邊輕輕地對我說：「不用怕，我愛你。」

大概是這樣吧。讓我漸漸地從小心翼翼到相信自己。以前的我其實不太能接受來自誰的批評，在他指出我個性的瑕疵時我動輒心碎一地，然而他不會就這麼順著我，反而會一邊堅定自己的立場，一邊告訴我，他不會就這麼離開我。心底的自卑讓我聽了什麼都敏感，他卻從不會推開這樣的我。

過了這麼久我才清楚，不是指出瑕疵就是嫌棄，

那些肺腑之言當然也不意味著「我不愛你」；

他在說的其實是：

「我知道你不完美，但我還是決定繼續愛你。」

因為我們足夠靠近，

才能讓對方望見旁人看不見的別樣風景。

在成長過程中體驗過的不安，就這麼被緩緩化解了。
原來是他在無意間替我梳開了積鬱已久的心結。

有天他說：「前幾天睡前認真地想了一下，你對我
而言是什麼存在，現在才發現，你已經變成我生命中的一
部分了。」我聽了心裡喜孜孜的，忍不住笑得滿面春風，
沒說出口的是：「你也是喔。你也變成我生命不可或缺的
一部分了。」

致我生命中最聰明的愚人。

　　　　　　　　　　　　　讓我在你心房安居

讓我
在你心房
安居

　　二十歲生日當天的零點零分，我收到摯友禾日傳來的訊息與親手畫的賀圖，上頭寫著祝我二十歲生日快樂。不知怎地我止不住眼眶的溼潤，緬想起從十三歲相識至今，我們一同經歷的一切，再多的言語都不足以道盡我對她的感謝。

　　喜歡的日本藝人小松菜奈曾在一個訪問中提及對高中時代友人的看法，她說：「我覺得他們很重要，因為他們是現在少數看過我最『素』的模樣的人。」禾日之於我，便是這樣的存在。她見過我最不加矯飾的模樣，中學時代的我們，總是渴望變成大人卻仍不夠強壯，試圖站穩腳步卻又不小心踉蹌，最多就只能站在青春的岔路口想像

未來的模樣……當時壓根不懂掩飾自己的拙劣，也不明白怎麼展現自己的優點，這樣一個單純愚蠢得令人不忍直視的我，卻全被她的溫柔給毫不猶豫地接納了。

她一路見證我橫衝直撞、自卑自傲、或愛或恨，傾聽我絮絮叨叨的呢喃，在尚未成熟的時光裡，承接我氾濫成災的少女情懷；就連我都忍不住唾棄的那些歷史，都被她妥貼地愛著，而今想來，都難以想像自己到底何其榮幸。

似乎也說不清是在哪一個節點讓我們就此密不可分。一切自然得不在話下，我們沒有一個明確的事件認定彼此，自然而然地便成為了無話不談的密友。雖不是第一眼就注定的緣分，卻是經過相處之後的最最適合。中學時代，除了遙遙望著哪個人，大多時刻都是與她緊密地生活著。

與其說青春都浪費在愛情上，不如說朋友陪了我度過每一次歡喜與悲傷。橫跨我整個青春的不是始終如一的愛情，而是日久年深的友情。在那些日子裡，她是我無法割捨的存在。

某一個聖誕節前夕，老師在課堂上詢問，是否還有人相信聖誕老人，我轉頭扁嘴對她發牢騷，失落地說，我從來沒相信過聖誕老人，也不記得自己曾經拿過什麼禮物，家裡的聖誕襪根本只是一個普通的掛飾。依稀記得她沒有什麼特別的反應，這件事就這麼被輕描淡寫地帶過了。

　　豈料聖誕節當天，她竟然為我準備了禮物。上頭附上一張小小的卡片，祝我聖誕快樂。那是有記憶以來，收到的第一份聖誕禮物。細膩的感動由心臟迅速蔓延至血液，悄悄流遍全身，當下除了感激，更多的是感動。原來我信口說出的話語，總有人默默替我記在心底。她就像是我專屬的聖誕老人，在一旁偷偷摸摸地將我的念想懸掛於心。直至今日，我依然不相信聖誕老人真的會趁我呼呼大睡時給我驚喜，但我相信她。她就是我生命中數一數二美好的禮物。

　　國中的我，大概是一個滿腔詩意又纖細敏感的人吧。當時努力自學了日文五十音，卻一個字也不敢輕易說出口，於是當我一次又一次放任自己錯過那些開口的機會，只得事後在一旁懊惱不已的時候，我才意識到，那是我難以言說的自卑。

發現的當下像是掉進一個闃不見光的深淵，我不知道該怎麼阻止自己失重的墜落，在空洞裡掙扎了許久，不知所措的時候，我發現自己想向她道盡自己這樣無解的情緒，而那也是我第一次試著向誰坦承這些破碎，我記得我欲言又止的語氣，在話與話之間的頓點藏著哽咽，而她只是靜靜地聽著，沒有責怪也沒有怨懟，扮演著稱職的聆聽者。

說完以後不知哪根筋不對，我這麼對她說：「這是我第一次這麼對別人說，你要好好珍惜這些話喔。」她點點頭，然後直到今天，她都一直遵守著這些承諾，從未改變過。有一個人她見過我的高山與低谷，陪我一起踏過湍急的河流，在我哭的時候承接我的淚水，在我笑的時候陪我一起放聲大笑。當我陷在悲傷的裂隙裡，她一言不發地陪我坐在谷底。

那些年來我輾轉愛過一些人，卻往往熬不過歲月的殘忍。可是她劃破了時光陪我前行，和我一同乘著歲月的梭，搖搖晃晃地把彼此編織進自己的歷史，我們比肩前行，望向她的時候，我感覺自己不虛此生。

國中畢業的時候，老師要我們寫一些話給任何你想

寫的人，再上台朗誦，我寫了一些話給禾日。時至今日我早已失去了原稿，卻還是清楚地記得自己對她說，兩個人結伴同行縱使走得比較緩慢，卻也比較穩固。然後最後一句話是這麼寫的：「關於青春的謎我大概永遠解不開了，但沒關係，因為你始終會是我謎底裡的溫柔。」當時我仍在青春的大霧裡追尋著愛的定義，在朦朧的視野裡磕磕絆絆，謝謝有這麼一個她向我伸出了手。

多年前的記憶僅餘下斷簡殘篇，我不記得所有的語句，腦海裡卻依然清晰地放映著，在最後的語音落下時，台下響起的如雷掌聲。從來沒有想過原來這一切也能讓所有無關於我的人感動，似乎在那些時候，就種下了我想記錄所有美好的源頭。

禾日，你知道嗎，你一直都是讓我溫柔書寫的理由。

走下台之後，大部分的人都會將自己寫的卡片交給對方，可是其實我沒有將那些話寫下來，只是簡單地打了個草稿，整理得亂七八糟便直接上台了，我向她坦承自己只剩下凌亂的手稿，她卻說沒關係，讓她留著吧。

被她愛著永遠都是好安穩的一件事，她像一顆太陽，總對我穩定地輻射著溫暖與愛，從來不必擔心有一天她會

離開，記得大學有次我們一起去吃飯，返回宿舍的路上她騎在我的前面，我突然意識到有股無以名狀的安全感在我身上流淌，緊繃的自己突然就整個人都鬆懈了下來。這大概是她的魔力吧，能讓防備心極強的我放下戒心。我喜歡我們沒有任何利益交集，不是為了任何理由才相聚，單純只因為「我想見你」就願意放下一切去見對方，光是思及此，就令我動容。

好多時候我覺得自己不復純粹了，再也找不回十來歲青春年華的筆觸，身邊的人來來去去，那些因為利益掛鉤而相聚的關係，也隨著時間的演進慢慢成為回憶，難過的是，我也似乎不覺得有什麼可惜。可是啊，和她在一起的時候，我會覺得我還是那個十幾歲的少女，講話不修邊幅，口無遮攔又放肆，偶爾搞笑犯錯卻既荒謬又開心，笑得很大聲也生氣得很用力，那樣毫無包袱地活著的時候，都是她在我身側，讓我放心地做我自己。

中學時代因為求學壓力大，加上不甚了解青春期自己的身體，我的頭皮總因為脂漏性皮膚炎的關係長出許多白屑，也因此常常被不少男同學譏笑，使我自卑不已。每當我收到來自外界「善意的」提醒時，都會令我不知所措，

讓我在你心房安居

不曉得是否該向他們解釋原因，怕他們以為我就只是不愛乾淨而已，卻又覺得解釋起來多矯情，才沒有人在乎這些瑣碎的病名與原因。

記得有一次隔壁的男同學對著禾日悄悄地說：「你看她頭上有頭皮屑耶，這樣你還可以接受嗎？」她說：「沒關係啊，我不介意。」他們大概都不知道其實我都聽見了吧，我在一旁聽了，默默地在心裡泣不成聲了一百回。

我不知道她是怎麼想我的，為此感到自卑的緣故，我不曾詢問過她的看法；可她卻願意一言不發地守護充斥瑕疵的我。

明明始終是沒有血緣關係的朋友，我卻在她身上感受到了無條件的愛，哪怕我有再多再多的缺點，她還是願意待在我身後，相信我有我的難受，我有我未曾言明的苦衷。

何德何能擁有這樣的一段關係。

在她十八歲的前夕，我寫了一封迤長的信給她，信裡第一次和她坦承了這件事。永遠記得那個深夜，我寫信寫得淚流滿面，忍不住覺得自己愚蠢——我好像永遠只感動得了自己了。最終因為太過赤裸，且那封信實在不適合

當時身處水深火熱考試的我們，我便將它永久封存在抽屜的深處，再也沒有勇氣讓我的自卑與感謝重新見光了。

太過赤裸的時候我總會感到害怕，我的不足、缺陷都被這麼毫不掩飾地暴露在陽光下，大抵也免不了遭人非議或唾棄，可是謝謝還是有人，願意這麼不顧一切地接納這樣的我。

沒有寄出的信儘管後來一直藏在我這裡，但我從未忘記，有一個人見過了我最自卑又醜陋的模樣，卻從來沒有這麼放棄我。

這個症狀在上了大學以後緩解了非常多，我開始了解到要怎麼照顧自己，也不再長期處於高壓的環境，鮮少復發以後我終於有勇氣勉強回首那段不忍卒睹的歲月。其實幾乎不曾向誰提過這件事，因為每次只要一想起，我就忍不住鼻酸。幸好啊幸好，幸好我遇見了如此溫柔的人，讓我能好不容易地平安長大。

回想起我的青春，談了場半吊子的戀愛，依舊不懂如何愛人與被愛，卻在這段看似荒唐的歲月，遇見我想久伴一生的摯友。我是這麼一個薄情的人啊，卻無論如何都會想要將這段珍貴的緣分留在我身後。十年了啊禾日，認

識你一直是我最好的禮物。

　　讓我在你心房安居，花開荼蘼也不遲疑。我愛你。

　　這篇文斷斷續續寫了好久，數度寫到不知怎麼下筆，因為情緒太過飽和了，一動筆我就想流淚，這是我多麼多麼珍視的人啊，幾千字對我而言彷彿還是太少，下筆的時候反而多所躊躇，禾日啊，我該怎麼寫你，才能將你的好寫盡呢？我常常會覺得被她愛著始終是一件過度幸福也過度奢侈的事，我已經擁有了太好的一切，似乎沒有什麼好奢求更多了。

三零八號房的
溫暖

　　搬至新的住處已逾兩年，不知不覺也在這個環境認識了形形色色的人。相互點頭示意、道別、轉身、擦肩而過，不過轉眼。在這個瞬息萬變的花花世界，我往往慢了半拍。無法及時地回覆訊息，時常消失在社群軟體的動態消息，瑟縮在自己的洞穴裡，有時不是為了被找到，而是單純需要一點私我的時間，沖淡他人留在我身上的痕跡，恢復被現實的煙火氣挫折得灰頭土臉的自己。

　　其實生活不見得有什麼驚天動地的波瀾，只是我始終無法時刻抬頭挺胸地面對七嘴八舌的聲音。於是我躲進自己的巢穴，從忙亂得烏煙瘴氣的空間逃離，喘口氣，深呼吸，再次調整腳步，沉沉睡去，然後清醒，隔天繼續熱

愛這個世界。

　　這樣一個不夠及時的我，當然會收到來自他人的怨懟。不滿我飄忽的行蹤，如風一般的自由。而我總是低垂著頭概括地承受這一切，不曾反駁，也不奢求誰理解我的乖僻，畢竟是我不合時宜。豈料浮沉在這樣漂泊的人海裡，我竟然遇見了類似的靈魂。和我一樣被拋在時代的後頭，走在與人相異的時區，活成了自己的島嶼，更甚一不小心摀著耳朵忽略了不少聲音。

　　認識喜月是在一個平凡無奇的午後，一次與共同朋友的午餐，我們漫無目的地聊著日常，居然意外發現了彼此住在同一棟樓。由於距離近，我們逐漸變得親暱，只是當時我們仍塗著鮮明的保護色，是以沒有人察覺對方開朗熱情的外表下，隱藏的內心，而我也只是不時察覺到傳給她的訊息並不若他人一般能被及時回覆，僅止於此。

　　某年深秋，我支開所有聚會，避開返家人潮，孤身隻影穿梭在喧囂繁華的街衢，感受人聲雜沓的熱鬧。天知道那天一個人坐在美食街用餐之時，好巧不巧聽見了喜月的聲音，我頓時緊繃了起來，吃驚之餘，著實感嘆世界之小，好不容易的獨旅差這麼一點就要被打擾了。

所幸她與友人相談甚歡，壓根沒發現隻身坐在隔壁的我，而我遮遮掩掩地低著頭，成功躲過了她的目光，終於放下了心中的大石。待及下次見面，我才全盤托出了這段故事。她當時忍俊不禁，問了我為何不找人陪我一起逛街呢？我頓了頓，尷尬地笑了笑，在心裡暗想著：「兩個人沒有不好，可是我更喜歡獨自行動的消遙自在。」

　　她笑我怪，我面紅耳赤地玩笑著反駁，我只是渴望享受短暫的獨處時光。一個人待著，感受這個世界的盎然生機，隨著城市的脈動起伏，感覺自己活著，不依靠誰地活著。話鋒一轉，她的語氣頓時變得正經，說道，沒事，她都明白。那一瞬間有什麼好像在我倆之間成形了。原來這世界上永遠會有與我相似的靈魂，不會訕笑我的乖張，反倒同理我的立場。

　　因著這件事，我們日漸緊密。有陣子外頭疫情嚴峻，她邀我至房內用餐，我問她住在哪一間房，她說，三零八，自己開門進來就好。就這麼陰錯陽差地開啟了「三零八號房的談心時光」。

　　我們總是戲稱那是一間蟲洞，任何人進到裡頭，所有的心事都會無所遁形，一點不剩。她彷彿有著令人安心

的魔力，只要待在熟悉的空間裡，我總情不自禁地對她逃心掏肺。我們互相坦承了自己的瘡疤，那些沉痛的回憶、放不下的過去、令人熱淚盈眶的曾經，天南地北地聊著，乃至自我認同的不確定性、原生的疼痛與祕密……每每總是談得欲罷不能，直至深夜也無法喊停。

在那間房裡，我們的話題或歡笑或傷心，呼吸著相同頻率，有著類似的笑點，也有雷同的感覺。

她從不過問我欲言又止、吞吞吐吐的事情，任由我模糊所有真相的細節，只交代自己的情緒也沒有關係，因為她從不是為了八卦我，而是為了瞭解我。

不必憂懼自己露出了不甚美好的自己，
在她那裡，我可以不說好聽的話，
可以活得不好看，可以滿布瑕疵，都沒有問題。
是她的溫柔讓我慢慢相信，世界之大在於，
永遠會有人得以理解我的處境，
在那些無助的夜晚，撐住我破碎的心。

那時我被困在濃厚的冬日裡。自願踏入的領域將我反鎖在裡頭，任憑我如何哭天喊地，如何急促地叩門，皆無人回應。灰心喪志的我向她一股腦兒傾倒了那些如風霜般冰冷刺痛卻難以啟齒的煩憂。來自生活、來自感情、來自人際……那些剪不斷理還亂的愁緒。

　　聊到感情。就連我都搞不懂自己，為何可以在這一刻感受到愛，又在下一秒覺得一切與我無關。

　　聊到生活。才發覺拚命爭取到的事物其實不若想像中美好，新的環境一樣充斥著失敗者氣息，而我在達成設下的一切目標之後，茫茫然地不知所措，不明白自己該為何努力，宛若一隻無頭蒼蠅，亂竄在這個奉積極向上為圭臬的世界裡。

　　明明最初都是帶著嚮往而前行的，緣何痛苦變得永無止境。

　　聊到人際。我這麼對她說，我經常對每個朋友透露不同的事情、不同面向的自己。這麼一來似乎沒有一個人能認識完整的我，而我也沒有能力完整地去擁有誰。於是我變成一個又一個的片面，周旋散落在不同人之間，好像

只有將全部的他們蒐集起來，才得以合成一個完整的我；甚或，即便將他們整合，也無法湊成一個完整的我了。有些祕密被埋藏得太深了，待挖掘出土之後，就連自己都快要不認得了。我一方面為此感到十足放心，卻又在獨自一人時寂寞無比。

到頭來每個朋友口中的我都不盡相同，久之我開始對自我的本質產生困惑。為何我必須永遠攢著祕密才能往前邁進呢？

一股腦兒說完以後，其實是不奢望能被完全了解的。我知道自己太過奇異了。可她卻表示能理解這樣的我，甚至對我深感認同。她說，其實我們都一樣古怪，時常消失在社群媒體，總是倦於回覆訊息，不是出於無禮，不過是偶爾想要認真地清空自己……傾聽與理解真的是生而為人的極致溫柔。多麼慶幸我在說話的同時，有一雙溫柔的耳，願意輕輕地擁抱我的獨特。

那日直至半夜三更，我們才依依不捨地道別。沒多久我傳訊息跟她說，實在抱歉打擾到她的睡眠，她卻瀟灑地對我說：「沒事，不要有壓力。我會記得我們都是沒有形狀的。」

我們都是沒有形狀的。看見之後我愣了愣，眼眶裡噙滿了感動的淚水。

- -

　　　　　我們都是沒有形狀的，
　　所以不用擔心被定義，不用害怕那些都不是自己。
　　那些全部都是你，包含沒有外顯在世界上的一切，
　　　　　　通通都是你自己。
　　不要害怕，除了你以外，沒有人得以完整地定義你。

- -

　　那個冬日的黃夜，在早已熄燈的寢室裡，我竟不由得感到和煦明亮。

　　又一次課堂報告，她分享了當年生活的總回顧，其中一個大事記是開始了獨居生活，我坐在台下笑著聽她娓娓道來三零八號房的趣事，時而搞笑，時而溫馨，說到一半，居然聽見了我的名字。她說，謝謝在一些生活困頓的時刻，我對她伸出了援手。

　　其實是極其普通的橋段，在其他人笑出聲音的時候，

我的淚水竟然誠實地湧了上來。

　　總是擔憂自己給予得不足夠，不夠及時也不夠好，但是當我聽見她這麼說，竟驀地覺得漫長的冬日也沒有那麼沁骨了，原來我還能夠給予、願意付出，我還能帶給他人源源不絕的良善……雖說到頭來，根本是她反過來給了我溫暖。

　　時間快轉到了盛夏，我的生日。因應疫情而無法隨意外出的日子，喜月和萬她倆打了視訊電話過來，沒說什麼特別煽情的話語，就只是吱吱喳喳吵吵鬧鬧地互相慰問彼此的近況，聊些不著邊際的話題，笑聲此起彼落，幾乎要淹沒了屏幕。她們甚至準備了線上吹蠟燭切蛋糕的橋段，逗得我笑得合不攏嘴，玩得不亦樂乎。除了感激更多的是歡騰的氣氛，掛掉電話後我仍止不住臉上的微笑，感覺澎湃的情感在心中湧動，滿滿的都是幾乎要溢出的欣喜雀躍。

　　以為就這麼結束了，沒想到她們各自打了一長串訊息，對我訴說這些日子以來相處的枝微末節、想法與祝福，喜月對我說：「在彼此身上看見自己的影子，找到了我們最舒服的相處方式，我想這就是長大後最棒的交友模

式了吧。」

　　看著訊息，心底有什麼在鼓譟。長大之後彷彿失去了對朋友坦承的勇氣與能力，愈活愈片面，也愈活愈表面，心裡什麼都沒有，誰都可以是朋友，也隨時都可以轉身就走；但她們卻讓我在這個充滿未知的社交之海之中，願意再一次交付真心，不怕辜負。

　　於是我在回信裡打了這句話：「可能我們都是心裡有疤的人，所以才更懂得善待彼此。」

- -

因為我們是相似的人吧。

面向陽光努力地藏起自己的拙劣，

對著生活盡可能堆出像樣的笑臉，

儘管有著不為人知的祕密與苦痛，

卻還是甘願再相信一次這虛無縹緲的世界。

我們互相嘲笑著對方踉蹌的模樣，

卻還是會在下一秒用力伸出手攙扶虛弱的對方。

- -

多麼慶幸在那個脆弱得幾乎要傾頹的冬季，三零八號房的溫暖治癒了我的百廢待舉。

　　喜月，我們都是沒有形狀的人，今後我也會繼續愛你的影子，像愛另一個面向的自己。不想被世界打擾的時候，我陪你一起逃離。

純粹的
喜歡

「對不起，我總覺得我不可以把自己的情緒垃圾倒給你。」

「你覺得我一直丟情緒垃圾給你嗎？」

「沒有啊，我不覺得是負擔。」

「那你也不要認為我會覺得是負擔啊。」

傳完這些話的蓼不知道，螢幕另一端的我早已淚流滿面。

說起來能和蓼成為朋友也是意外吧。本來我們只會是一次活動的同組夥伴而已。那時候我其實很想走了，總覺得繼續待下去不會有什麼收穫。但不知怎地決定還是再

留一下吧。大概就是在那一刻，開啟了我倆的緣分。

　　大家圍坐在一圈的時候，我發現他總是沉默，什麼都不會說，明明剛才同桌的時候不是這樣的，於是我嘗試與他攀談，才發現我們還滿合拍的。他跟我一樣怕生，容易在人多的場合感到侷促不安。大概就是在那一刻，我感覺我們能成為很好的朋友。

　　不久之後他對我說：「這好像是有預兆的，你會在認識一個人的最一開始，就知道自己大概會跟這個人很好。」是這樣嗎？我其實本來不相信的，可是那之後儘管幾經輾轉，我們果然還是如他所說地，成為了至交。

　　認識他的時候，我已經在原處待了好久。對很多事都感覺悲傷，總是穿著一身防禦的盔甲與人交流，不太與人碰觸自己內心的話題，生怕自己脆弱的心緒被一箭刺穿。見過太多帶著目的的人，於是對於真誠的互動總是感覺遲疑，生怕那只是埋藏得比較深的炸彈。

　　我其實不相信那裡會有純粹的人。出了自己的舒適圈以後，才知道原來形形色色的人都存在。那些人不在乎你的本質，只關心你的頭銜、經歷，有沒有什麼傲人的專長，最好要能拿得出手炫耀，要有值得學習的地方，其他

像是情感、個性、心底話等等，一概不重要，反正這世界常常也只看外表。談論的話題不是最近如何，還好嗎？而是最近在做什麼，有什麼有用的情報嗎？

習慣了這樣的互動方式，只好假裝撐起一個微笑，告訴他們一些皮毛，然後只有自己知道，大概也就這樣了，這些關係、這種自己云云，不會再更靠近了。

我是在那群人之中遇見他的，在我早已對於純粹不抱任何希望的時候，他出現了。隨口問了他為什麼總是在人群裡沉默，他卻說，他對於那些流於表象的東西，已經沒有多大興趣了。我一邊驚訝於他的回答，一邊想，這大概是我們相像的地方吧——想要尋找的，從來不是顯而易見的答案。

那一夜我們沿著街道走，像是沒有明天、沒有終點地那樣走，我總是在疑懼著是否會因為說得太多而讓自己變得破碎，於是不停反覆地丟出同樣的句子，與其說是在探詢答案，不如說像是在呼救，我終究還是恐懼的：「我該相信你嗎？萬一你跟那些人一樣呢？萬一只是我以為你會是特別的呢？我可以信賴你嗎？我可以相信你嗎？如果我在你身上看見過去那些背我而去的人所擁有的特質

呢？」

　　有好多時候我只是在呢喃，沒有意義地呢喃。蓼卻總是在一旁靜靜地聽。我問了無數次：「所以我說文學到底是什麼？」這一切是有終點的嗎？我們的書寫究竟是為了什麼？為什麼我總要躲躲藏藏地將我的文字埋到很深很深的地方，為什麼我總是畏懼露出自己的脆弱，只記得他說：「或許我們書寫都是為了想要觀眾吧。」或許這也是其一吧，我們需要有人聽見。我們需要被理解，需要在被理解以後覺得寬慰，可是很多時候我更憂懼自己變得能被一眼看穿。

　　後來他說，那天他的感官變得非常清晰，彷彿一切都甦醒了過來。許久之後他讓我追蹤了他人數較少的私人帳號，在無意間翻看他文章的過程，我發現他也寫下了那天的事。發現的當下內心鬧哄哄的，不禁覺得這真的是好奇妙好奇妙的事啊，像是在應證那天我對他說：「你知道嗎？一切都是互相的。我們只是假裝不知道對方的心思罷了。」

　　像是對稱的風景，我們各自寫下了與對方相處的細節。一直以來幾乎都只有我扮演著寫下文字的那個角色，

可是看見自己被寫下的時候，感覺心裡有什麼被震撼了。原來我們在想的是同一件事，原來那場對談不只感動了我，他也跟我一樣變成透明的了。

　　他總是會在我傷心的時候給我讓我熱淚盈眶的力量。忍不住自顧自說起那些無法改變的破碎時，他會告訴我沒關係，還是會有愛我的人把這些都包裹起來。常常覺得他的解讀很美麗，沿著那些話語往前走，所有的悲傷都被夜色溶解成了溫柔。

　　我們好像一直都是屬於夜晚的，能在夜晚裡坦誠地攤開許多沒有說出口的難處，而他總是願意仔仔細細地聆聽，聽我細細密密的雨落在每一寸土地。在我流淚的時候陪著我一起難過，在我憤怒的時候為我謹慎地分析眼前的情勢，在我自暴自棄的時候，告訴我，不要覺得負擔。

　　好長一段日子，我都在不停尋找沒有任何利益交集的關係，最好不是因為我有什麼過人的長處才讓你願意靠近，而是即使撕下這些標籤，我們仍能天南地北地暢談。我還是天真地奢望一份沒有雜質的喜歡，像是朋友芝蘭說的：「僅僅是作為一個人，我喜歡這樣的你。」不為什麼，

只因為我喜歡你的本質。那種近乎愚蠢又不合乎成本的喜歡。

　　大概愈來愈難了，半隻腳踏入社會的染缸以後，我知道愈來愈不會有人在意我的本質了，可是啊可是，謝謝還有人跳脫了一切框架，直視我的靈魂。

　　在這個地方動輒伴隨著許多自我懷疑。一旦沒有什麼能驚豔眾人的技能，我是不是就不被愛了？幸好在我一腳栽進充滿現實氣味的地方之時，他站在那裡。不為什麼，沒有相互交換的情報，出現在彼此的世界，只過問你近來可好。

　　知道自己的喜怒哀樂都能安穩地著陸之時，我總算體會到了別樣的寧靜。

　　獻給我的好友蓼。你生日時我沒說出口的話，都放在這裡了。要記得，我也會像你對我好一樣，毫不猶豫地把溫暖送回去。

你我身後的
世界

　　我曾經在身後暗藏了整個世界。害怕自己變得透明，恐懼自己成為一眼就能望到底的迴廊，於是拚命地閃躲迎面而來或溫暖或鋒利的目光，替自己武裝，隻身面對自己的不堪，畏懼自己赤裸地讓人覺得容易。就這麼躲躲藏藏，直到我開始書寫，直到我無意間發現了落。

　　久違地跟落聚餐，我隨口問起她和男友究竟交往多久了，她說七年了。掐指一算，我們也認識好多年了。

　　最初是演算法帶我看見她的，當時她的文字帶著一絲憂愁，像一隻隱身叢林的鹿，眼裡的澄澈都反映著悲傷。我想我就這麼被吸引了。正值限時動態開始流行的時

候，某天她發了一張詩集的照片，我就回覆了她，印象中那本書是林婉瑜的《那些閃電指向你》，總之我們就這樣有一搭沒一搭地聊了起來。

　　一直都是心裡裝著很多疑猜的人，不太輕易交付信任，更何況面對的是網路上素昧平生的過客。可意想不到的是，她的真誠卻成功地打開了我生鏽的心門。

　　我們慢慢地了解彼此，年齡、住所，甚至交換了真名，聊了學校的挫折、家庭的傷疤等等，其實也說不上來為何我們變得如此熟稔，或許是因為年歲的差距、生活圈的不重疊，讓她變成我現實生活中的樹洞，我能在她身上寄放所有平時難以言說的沮喪與小心眼——如今回顧只覺得輕於鴻毛，對當時的我卻重於泰山——誰比我擅長，誰沒有給我想要的愛云云，通常過了那個成長階段，就很難對曩時芝麻蒜皮的小事產生共鳴，她卻依然認真地答覆我無聊的心情記事，即使自己早已和我過著截然不同的生活，卻仍妥貼地替我梳理了我紊亂的心。

　　因為相差幾歲的關係，某種程度上她成了我人生道路上的導師，我跟在她身後的世界，引頸企盼發生在她這

一章人生的細節,並期待她帶我看見不同的世界,她也果不其然讓我看過倫敦的街頭、阿姆斯特丹的小鎮、土耳其的熱氣球等。

看著她在當時的我搆不著的地方鮮明地亮著,戀愛、交換、辦活動……我也彷彿在自己灰暗的備考時光裡抓住了一道光。我總是什麼都想徵詢她的意見,小至考試不盡理想會找她隱晦地訴苦,大至猶豫著要不要跟這個人在一起,也會先問過她的想法。

記得還在準備大考的那陣子,她去了歐洲交換。沿途拍下的美麗景致讓我一邊讚嘆一邊心想,有一天我也想要腳踏實地地在另一片土地上生活。沉悶的倒數日最適合幻想,而她正好給了我希望。某天放學回家,疲憊而無心地打開社群軟體,看見她傳來的照片,訊息寫著:「親愛的,想送給你我看見的巴黎。」那一刻我止不住眼眶的溼潤。

是被惦記著的啊。相去六個小時的時差,隔著兩個螢幕與好幾千公里的距離,即使她連我長什麼樣子都還不曉得,卻依然這麼一絲不苟地將我納進了她的世界。

空閒的時間，我們會互相交換彼此的世界。我聽她分享在糖果店意外打翻整盒巧克力的故事，替她賠出去的錢捏把冷汗，也不忘聽她娓娓道來與遠距離男友偶而為之的爭吵，那些扎手的不安全感是如何讓人失控；她聽我說對於生涯的惶恐與游移不定，再陪我分析與決策，再靜靜聆聽我訴說與友人心照不宣的對峙，我絕望地說，為何人與人之間總是布滿傷害；隔了好一陣子她回覆我，說，不好意思讓我久等了，因為想找個時間好好回覆我。接著她說：「親愛的，其實人與人之間除了傷害以外，也會相愛。」

　　我含淚讀著那條訊息，十分剛好的是，當時我與好友的關係也逐漸好轉，她的那番話像是一場及時雨，在我久旱不雨的荒蕪裡，為我帶來了甘霖。

　　我們就這樣維持著素未謀面的單純關係，中間經歷了她回臺灣，我繼續完成大考與學業，填志願的那陣子我過得並不好，不僅被師長貶低，也失去了自我。除了用分數衡量自己，我找不到別的辦法了。就這麼度過了人生最奄奄一息的時光，而她依舊陪著我，聽我說那些如今想來荒謬得不明所以的話題，一句責難都沒有。

我想這就是她的溫柔，就算我一無所有，她還是會擁抱我。

　　好不容易咬著牙走進人生的下個階段，我們總算在幾經交錯之下來到了同一座城市，生活在同一片天空之下，相識多年，我們終於要初次見面了。我總算不必拚命追著她身後的世界，而能實際參與她生活的枝微末節。

　　那天我在捷運站出口等她，她一出站，我一眼就認出她了，便不假思索地向她招手，她打趣地問我，為什麼知道一定是她，我語帶笑意地回應，這大概是直覺吧。

　　像當初我決定向她搭話的毫不猶豫，像最初在文字的海中望向她的堅定。

　　我們就這樣陪伴著彼此度過學校與工作的新人階段，我聽她大吐工作上的苦水，而她則看我在一段新的感情中舉棋不定。那些我不敢輕易和半生不熟的朋友分享的話題，總能在她這裡被安穩地提起。

　　她冷靜地在這段感情的起始提供我建議，過程中也不忘關心我的心情，最終走到了盡頭，想要結束的那天我傳訊息給她，說我可能真的撐不下去了，我要怎麼辦？只

見她擺脫自己骨子裡的感性，理智地告訴我，要讓這段感情善終。她分享了她的前塵往事，我聽著聽著，終於下定決心了。

說完那些話我將自己反鎖在宿舍的房間裡，刻意錯過家人打來的電話，生怕他們撞見我哭哭啼啼，落問我現在還好嗎，我說我說完了，隨後就馬上接到了她的電話，而我只是對著話筒語無倫次地不停抽抽噎噎，一邊為自己的不負責任感到罪該萬死，一邊對那一整年的回憶化為泡影而心酸不已。

她陪在破碎的我身邊，細膩地安撫我那顆早已破破爛爛的心。她什麼都沒有說，不曾用力地譴責我，卻願意站在我的角度，同理我的感受。此刻我已無法確切地召回那通電話裡的任何語句，只記得那是我罕見地感覺自己既赤裸又透明，但她沒有讓我腹背受敵，更沒有就此拉開距離。

我知道我身後的那個世界已經不復存在了。是她讓我變得足以誠實，足以露出更多的我，明白有人會接納這樣不完美又不完整的我，然後像是哄睡嬰兒一般，重複著沒關係喔，沒關係，真的沒關係喔。

我好像就真的沒關係了。

二十歲生日那天，因為疫情被鎖在家裡動彈不得的
我，收到了落寄來的粉色向日葵。聽說粉色向日葵的花語
是，有你就幸福甜蜜，還有，只看著你。那是我人生第一
次收到花，她總是不吝給我驚喜，像是在告訴我，別擔心，
大人的世界儘管有很多不堪入目的災難，也還是會有如她
一般的純粹。

- -

我曾經在身後暗藏了整個世界，
她卻願意從背後環抱我的隱晦。

- -

落，我知道過去的自己是機巧的，是過分保留的，
不再放心釋放陰暗以後，學會了收斂，久而久之在身後構
築了整個世界，再也不奢求理解。然而你來了，你一眼就
看透了我的無助，卻從不輕易說破。

謝謝你看穿我的假山假水、我難言的疲憊、我造作
的虛偽、我氾濫的眼淚，謝謝你讀懂了我的迂迴，還是奮

不顧身地朝我走來。

　　謝謝你存在，謝謝我們能擁有交疊的世界。

所以
不要焦慮

　　應該是待在這所學校的第三年吧，看遍了或難堪或精彩的故事，幾乎失去了所有新鮮感，認知到那若有似無的光環或許根本不值得感到驕傲，就想著手嘗試不一樣的事。領著固定的零用錢的日子開始有些捉襟見肘，在專業能力開始慢慢開花結果的時刻，我決定要來做些改變。這一年的目標是，要養得活自己。

　　拿到了新考的證照，更新了履歷，想試著在看似已經飽和的市場裡讓自己有一片立足之地。這單純的發想卻讓我踏上了一條從未想像過的道路。

　　我就這麼前前後後當了超過七八個學生的家教，那一年我幾乎稱得上是一名業餘學生，似乎當老師才是我的

讓我在你心房安居

本業，甚至連期中考前一天我也不畏風雨地大老遠跑去學生家上課。應徵的過程可說是好壞參半，遇過在訊息答應後卻人間蒸發的失控學生、注意力不集中的小學生，或是學了一陣子就讓自己前功盡棄的上班族等等，也遇過像惠這樣形同摯友的好學生。

　　其實從來不對教師這個職業著迷，或者更明確地說，對於「傳統教師」這個身分，我一直都是夾雜著怨恨與感謝的，求學過程中遇過不少意氣用事、動輒暴跳如雷的老師，當眾的斥喝與羞辱都讓我為此蒙上一層陰影。

　　但等到自己成為了一個業餘教師，或多或少帶給學生些許改變之時，心底其實是喜悅的。或許我喜歡的，始終是能將自己所擁有的帶給更多的人。

　　我喜歡的，就只是「分享」而已。

　　遇見惠之前，其實我不太相信師生關係能如此毫無隔閡地親近。

　　初次見面那天，我利用課餘時間和她閒聊了幾句，明明相差了四歲，我卻在她身上找到了與朋友相處的感覺。彼此之間的共通點卻多不勝數，信手拈來就能變成共

同話題，舉凡幼時的流行與回憶，近日的時事或是發生在彼此身上的故事等等，都能出現在我們的談話間，不出幾次我就感覺我倆逐漸熟稔，久而久之在課後閒話家常幾句似乎就變成了我們的習慣，聊最近的學校日常或心情記事，我總是對著她的生活軼事咯咯笑個不停，而她也會好奇我最近身邊有趣的事。

每次在她家上課，我都能感覺到她是被愛灌溉長大的孩子。不管是從誰的視角來看，都能感覺得出她們家的溫馨。她的父母總是謙和有禮，從不偷聽我們的上課內容，也會特意在上課時放輕腳步與聲音，我總能透過這些細節體會到他們滿滿的用心、信任與尊重。

聽她訴說過愛犬離世的故事，她說因為當時太難過了，所以不忍去見最後一面，回頭看卻釀成了遺憾。字句裡的懊悔瀰漫在空氣中，連我都不禁感到可惜。這麼多年了，他們家至今都還留著印有那隻小狗的抱枕，象徵牠在他們心裡的重要性。我知道她的心裡還有一個純粹溫暖的地方，裝滿她愛的人。

在這樣的家庭成長的小孩，一定也能活得很美好吧。

就像明明我才是教她的那個人，卻常常覺得是她教

會了我更多。下雨了便說要替我撐傘陪我走到捷運站，她常常在言談間自然而然地將我納入她的生活裡，都讓我震驚地忖著怎麼可能，為什麼要對我這麼好。

是她讓我再一次透徹地審視自己是如何面對饋贈這件事。不單是物質上的給予，更多的是情感上的。我其實經常被說是很「神祕」的人，原先我以為那來自難以言說的自卑，羞於見人的感覺讓我不得不遮遮掩掩；可後來發現，或許某種程度上神祕也意味著疏離與冷漠吧。總是急著劃清界線，會想站在很遙遠的地方旁觀這一切，忌諱太直接的情緒詞彙，害怕被要求給予承諾，也恐懼誓言。怎麼體面地去接受他人給予的好意，我還是忍不住戰戰兢兢。

那天從她家離開坐上捷運的時候，我竟莫名地熱淚盈眶。念起自己始終被家人疼愛，被愛人照顧，被朋友支撐，現在甚至也被自己的學生溫暖了。啊——忍不住覺得自己好沒用啊，一直被身邊的人照顧著，但也每一次每一次都心懷感激，於是默默在內心發願，希望今後的自己能做一個散播溫暖的人，努力向四周輻射我為數不多的熱能。

就這樣一路陪著她走過學測與分科測驗的關卡——其間我也會偶爾替她準備一些零嘴，就像她曾經為我做的一樣——看她因為考試而煎熬，埋首書堆準備大考，書桌上放滿了各式各樣的參考書，就彷彿見到過去的我，那種想放棄卻早已沒有退路的窘迫，那種只能用成績換算自己價值的難過。未來太模糊了，除了用盡全力抓緊紙上的知識，我們手無寸鐵，什麼都沒有。

我都懂喔。

一步一步看著她漸入佳境，照常每週傾聽她的生活點滴，好像我們不是單純的師生關係，而是固定聚會的朋友。即使是大考前幾天，她仍然將我的事放在心上，不忘了祝福我生日快樂。我也在心裡默默為她祈福，希望她能抵達想去的地方。

記得某天我化了淡妝去上課，她一見到我就疑問說為何今天要上妝，我誠實地說因為要去日本讀書了有點焦慮，生怕街上的人們各個都精心打扮，而我像是不入流的鄉巴佬。她聽了搖搖頭說：「沒有這種事。不要焦慮，你

已經很好了喔。」不知怎地內心湧起了一股難以言說的感動。像是最原本的自己也被完整地接納了一般，她還是一如既往溫暖。

不只如此，我也相信原生家庭對一個人的影響遠超乎我們想像。某次家教媽媽在信封袋裡多放了費用，我發現了便立刻告訴媽媽下週可以少放錢沒關係。後來某天，我又注意到這次的金額不太對勁，就一樣傳訊息提醒媽媽下週正確的數字，她卻告訴我，是她自己幫我調整的。

聽了莫名又驚又喜，總覺得受到這個家的照顧太多了，我只能更努力教學，好好回報這一切。

惠，其實我一點也不覺得自己算什麼厲害的人，也從來不認為我們之間有上下關係，但如果我的存在有為你帶來一點微小的改變，那就再好不過了。

正值這個階段一定心裡會有很多困惑，但無論你未來會降落在哪裡，我都相信你值得一片光明。

所以不要焦慮，一定能長成自己喜歡的模樣的。把你送我的話還給你，無論如何，請記得相信自己。

一些
你不知道的事

在一次萬接近崩潰的時候，她說，謝謝我總是會在她崩潰邊緣的時候跳出來。我看著亮起的手機螢幕，想起了很多事，忍不住暗忖，其實呀，我才想把這句話還給她。

萬大概是跟我很不一樣的人吧。她能夠在交了男友以後大鳴大放地昭告天下，喜歡誰非得讓全世界都知道才肯罷休，從不顧忌他人的耳語與碎嘴，活脫脫像是個坦誠得天不怕地不怕的人，若要我僅以一句話形容她，我會說：她是我見過最坦率的人。這世界上的醜陋她都能不諱言地在我面前道盡，甚至自身的創口與銳角，她也不曾三緘其口。

　　　　　　　　　　　　　　讓我在你心房安居

有時候我很羨慕她。活在光下，允許光經過自己，就連最灰暗的一寸肌膚，都能接受陽光的沐浴。敢愛也敢恨，勇於道別也無畏區分你我。

而我不是。我總是充滿防備，在任何地方都想要武裝自己，不輕易顯露自己的傷口，不任意流淚，盡可能將自己粉飾得體面，只為了不被任何流言蜚語侵略。好像跟誰都能談笑風生，卻總是在道別的時候表現得毫無所謂。其實我時常感覺自己什麼都不在乎，什麼都不重要，所以他們說我神祕、有距離，可只有我自己知道，那是保護自己免於疼痛的手段。

儘管我倆是如此大相逕庭，卻還是幸也不幸地，擁有相似之處——我們都有深藏不露的脆弱。那些難以言說的軟肋，像是我們之間的暗號。認識了她三年，這三年來她逐漸長成了我不再熟悉的模樣，可是當她向我分享自己的煩惱之時，我會有種莫名的、遙遠的、熟悉的親切感，彷彿她依舊是當年那個在深夜的街道上跟我一五一十坦承自己瘡疤的萬。好像她從來沒有變過一樣，儘管長成不一樣的皮囊、個性，甚或經歷，在她跟我娓娓道來所有細節的時候，我會感覺我們還是三年前的那兩個人，一樣帶著

失意來到這裡，受到了不少不公不義，滿腹委屈地坐在教室裡，互相安慰也互相照亮彼此。

其實我一直都是無所謂的人。或者說，我是假裝自己什麼都無所謂的人。為了避免從前的傷疤回頭咬我一口，我總是逼自己學會抽離。讓不同的朋友擁有不同面向的我，像是雪花擁有不同結晶的模樣，不相仿的溫度也會造就不一致的形狀，我也會隨著朋友的性格而決定坦露出哪種自己；然而我也和雪花一樣，讓雪下完，就會默默地離開了。就像階段任務已到達終點，似乎也沒有特別相聚的必要了，於是待及融雪以後，我便會緩緩地蒸發退場，佔據他們的記憶一隅，卻不再出現在他們的日常。非得要等到下一場雪的降臨，我才會又以略微不同的姿態飄落在他們的生命中。

好像一直都是這樣來來去去的，我開始能夠習慣大學以後的友情總是鬆散，我們能擁有很多朋友，每一天都跟不同的友人相談甚歡，可是若說到最好，那麼腦中卻是一片空白。沒有最好的了，我把不同的我分散在空氣中，讓各式各樣的人接住並認識這樣的我，可是他們眼中的我，永遠不夠完整。似乎要讓他們相聚，才能將我描繪得

具體。我終於在這樣的生活裡，學會強迫自己習慣，沒有誰，我的生活仍然不會墜落。

　　愈來愈清淡，對於人與人之間的羈絆愈來愈淡然處之的我，漸漸地失去了必得要守護一段關係的執念，取而代之的是，一個慢慢變得消極被動的自己。好像沒什麼好失去了，這樣絕望的念頭在我腦海中盤桓，我開始感覺活著不過是如此，當個逢場作秀的戲子，也沒什麼損失，那又有什麼值得我真切的在乎呢？

　　這樣一個無所謂的我啊，卻在聽到萬說的話以後，悄悄地改觀了。

　　記得第一次向她坦承我會寫作的事，就是直接告訴她，我跟出版社簽約，要出書了。聞言，她的表情詫異得一時半刻擠不出隻字片語，半晌後她悠悠地吐出一句：「我到底認識了多少的你呀？」

　　當下我不免有些愕然，但依然明白她的意有所指。好像一直都不太能輕易地託付全部的自己給任何人，因為根本上我恐懼誰握有百分之百的我。那讓我感覺自己站在崖邊，而那人隨時得以將我推落。就像手機被誰奪走，在

避人耳目之處遭窺探一般，儘管裡面沒有什麼特別不得見光或丟人現眼的祕密，我依然會感到忸忸怩怩的不自在。赤裸的感覺讓我羞愧得幾乎要無地自容。

可她告訴我，其實她也會受傷。在一切結束之後才清楚真相，某種程度上揭示了我的疏離與不信任。

其實我從未想過三緘其口也能讓人感覺疼痛。

腦海中閃過諸多過往被掀開的傷口，偶爾我也會認為自己是在小題大作；然而不可否認的，那些難以一一道盡的瑣碎回憶，都曾經鋒利地劃傷我。

也並非刻意為之，或者意欲隱瞞，就只是不知怎地，在生命的演進之中，不小心愈活愈迂迴了。漸漸地我成為了一個完美的傾聽者，卻不曉得怎麼分享自己的人生。怎麼會變成這樣呢？無數次我這麼問自己，卻依然無法理出一個頭緒。

她的話語卻在我心中不停震盪，原來我一直都把自

己裹得太嚴實了，為了不讓願望破滅，為了躲避八卦與流言，我豢養了諸多沉默，並命它們替我看門，以阻擋身邊的人進到我的心裡頭；然沒說出口的是，我始終都站在門邊窺伺著外頭，想知道他們是否會繼續來探望我。

這個盛夏和萬去潛水了。同行的友人十分擔心我不會游泳一事，於是便決定在潛水的行程之前替我特訓，好讓我適應海流的溫度，習慣徜徉海中的滋味，使我不致因為畏水而挑戰失利。

我怯懦地應了聲好，外表冷靜卻忍不住內心的千頭萬緒，不會換氣的我真的能夠安然無恙地學會游泳嗎？

到了海邊，在熱辣的太陽照射之下，萬握著我的手帶我走向海中，在我看起來很想逃避的時候緊緊抓住我，告訴我：「不要怕，我會抓著你。」

好幾天以後我返回正常生活，騎著腳踏車的途中突然念起了那片湛藍得令人泫然欲泣的海洋，與她說這句話時堅定的神情，才意識到那句話究竟改變了什麼。

聽到那句話的頃刻間，無以名狀的情緒悄悄地從內心的角落迅速向上翻湧，尚無法知悉那是什麼感受，只確

定自己大受震撼與感動。

那天以前我知道自己缺乏安全感，卻從不曉得我有多依賴那樣的穩定生活。

腳踩不到地面的時候，害怕浪潮像野獸將我吞噬的時候，她在我身邊，告訴我不必哀愁，她會拉住我。她帶我辨識海流的方位，牽著我的手往更深的海裡走去。不試圖戳破我的手足無措，卻用行動支撐著我搖搖欲墜的脆弱。

我想這就是萬的溫柔吧。她從來不會主動戳破我，知道我在寫作，也從未探問我不多加表示的細節，能夠靜靜地聆聽，也樂意主動向我分享她的生活。

常常覺得自己什麼都可以拋棄，對於人與人之間的感情總是看得十分淡薄的我，在那個瞬間，突然有了想要繼續守護這段感情的念頭，願意義無反顧地一直為她守候。

好像只消一個瞬間，我就願意獻上我的所有了。

似乎又有什麼值得我停留了。

讓我在你心房安居

她總是感謝我陪她度過人生最灰暗的低谷，可沒說出口的是，她才總在無意間擁抱了我的瀕臨破碎。

　　萬，雖然我總是表現得滿不在乎、不善言辭的樣子，這些話從來都沒有對你說過，可是我還是很感謝你出現在我的生命中，儘管我們有很多很多的不同，我還是能在付出真心的時候，感覺我們跟當年那個怯生生地坐在教室裡的模樣，並無二致。你儘管雲遊四海，無論你走到哪個荒涼又瘋癲的無人之境，我都會願意張開雙臂迎接你歸來。

自由／孤獨

原來自由也可以是寂寞。

是一個人癱在床上卻只剩下自己的呻吟，

是一棵樹倒在荒蕪的土地卻無人聆聽，

是一無所有又無依無靠，是孤獨到極致。

上大學以後外宿，離開家人的初期做什麼都特別來勁，自己逛街，吃飯，不用報備地過上喜歡的生活，那是我對自由的第一印象，似乎總和無拘無束相互輝映。最初那一年我並不是特別勤奮向學，某種程度上卻還是收穫了十分豐碩的成果。那時候我天真地以為自由就等同於幸福

快樂。

　　高中大考完選填校系時，父親並沒有對我的選擇有任何干涉。在教育方面，他和母親皆不遺餘力。國中想自學日文，第一本教科書也是他買給我的。不僅如此，他甚至贊助我購入鍾愛的卡通人物周邊，也大大鼓勵我閱讀。是他帶我走進書店，讓我挑選自己喜歡的書籍，也是他讓我懂得廣泛的閱讀。

　　他給了我絕對的選擇自由，甚至傾盡全力支持我所有的天馬行空。他說，以前他也是順應時代潮流選擇了有發展前景的系所，但到頭來卻發現自己比起主流，更喜歡其他有興趣的領域。因此才轉換跑道，念了與本科不同的研究所。後來的他走在喜歡的領域中，甘之如飴。

　　很久以後我才聽懂，自由的意思其實還包括，要全權對自己的人生負責任。

　　開始雙主修的頭一年，日子幾乎都被截止線追趕得杳無生氣。我會開玩笑地跟朋友說自己是極限運動玩家，總是在衝刺著趕上截止前的最後一分鐘。上台報告的講稿我可以拖到演講前十分鐘才匆忙寫好，卻還是照樣獲得了

滿堂喝采；考試我可以讀到半夜三更，然後依舊幸運地得到一個可圈可點的成績……儘管我並不以這樣的態度為傲，甚至可以說不喜歡也不滿意自己活得如此狼狽，卻還是順利地以此種僥倖的姿態贏得了自己渴望的一切。

那一年我飛躍性地成長，在兩個不同的領域辛苦耕耘，並試圖找出自己比較擅長的領域。然而看似光鮮亮麗的人生，卻也有過無數次深夜悔不當初、埋天怨地的時刻，坐在關了燈的宿舍死命撐開要閉上的雙眼，想盡辦法再讀一頁，卻完全搞不懂故事線，讀到三點再設下早上八點半的鬧鐘，用意志力和念力告訴自己不能睡過頭，一來會吵到室友，二來分數全部都會溜走；邊犯睏邊寫文學分析報告，再努力用半生不熟的語言死活硬湊到一千字。

從來不知道自己選的人生會這麼艱險。別人用一倍的力氣做事已經不輕鬆了，我卻逼自己遊蕩在兩個領域，花兩倍，或者更多的力氣來平衡自己繁忙得不見天日的生活。

我到底在幹嘛？為什麼要這樣折磨自己？那一年我時常忍不住捫心自問。

當我唉聲嘆氣地發著牢騷抱怨時，人們總是問我為

何要做這個選擇。其實我的心底也是困惑的，或許當時我只想向高中的老師和自己證明我辦得到而已，加以多一個專業或許面對未來能更有競爭力等膚淺的想法，就這麼去嘗試了。天知道後果是必須購買又昂貴又笨重的原文書，讀看也看不完的聖經與史詩，熟悉讓人暈頭轉向的古文與歷史脈絡……或許是我太過衝動，才會誤以為自己的實力應付這些都綽綽有餘。

　　我只能勉強用很疲憊的狀態面對初識與故交，開始不在乎自己是否能再交到什麼親密摯友，畢竟自己都在谷底了，哪裡還有餘裕敞開心胸。每個拖延到了凌晨的時刻我就會開始怨天尤人，一邊痛恨自己總是在挑戰極限，一邊懊悔自己當初的選擇。

　　自己的選擇，怪誰呢？我閉上嘴，停止散播自己的負面。

　　正當我以為自己還能成功苟活過這一年時，那年冬天，某個星期一，我竟然突如其來地發燒了。整個人病懨懨地拖著沉重的身軀到了課堂上，摸了一下自己的額頭，還是燙得可以，才發覺自己可能再也沒有心力應付接下來的三門課了，我需要休息和看病，再這樣下去我真的會壞

掉了。去了保健中心，醫生說應該是腸胃炎。我聽話地領了藥，捏緊剩餘的力氣回到宿舍，躺下的那一刻只有滿滿的孤獨與無助。我知道我真的只剩一個人了。

以往生病只要喊一聲，母親就會陪我就診，照顧我的虛弱無力，可是那天我躺在床上，看著陽光從窗簾的縫隙中透出，映在我右手邊的白牆上，有一刻我覺得自己什麼都沒有了。

從來不知道自由也能如此苦澀。

隔天我還是高燒不退，大概是保健中心的藥不太起作用吧。打電話回家，告訴母親我的狀況，她二話不說要父親下班回家順便把我給載回來。本來想要拒絕的，卻拗不過他們的堅持。之後我總算回到家了，躺在家中的床上，重新去診所拿了新的藥，幾經波折，在臉像火爐一樣滾燙了好幾天之後，我終於開始退燒了。過程中都是母親在旁無微不至地照顧我，一時之間念起高中某天忽然生理期腸胃炎，她甚至清晨五點被我吵醒，嘴上一邊振振有詞地念我總是這樣糟蹋身體，卻還是一邊給我體貼周到的關照。

她好像永遠都沒有變。一個人的時候，憶起這些都

會憋不住眼底的淚。

　　可明明是我該長大了，為何還要這樣讓親人為我勞心勞累？

　　我到底在幹嘛。

　　長大後被照顧總是一面心懷愧怍，一面感激涕零。

　　明明他們給了我選擇的自由，就是要我好好照顧自己，妥貼地承擔自己的選擇，我卻是一個勁地攬下了這麼多責任，卻忘了對自己的身體認真。遙望過去，我這麼一個從小到大不曾嘔吐的人，也曾經因為疏於照護自己而在路邊俯身大吐。失去了原先習以為常的健康，才知道自由不代表能揮霍無度。

　　經歷了種種生理上的反彈，我深切地反省了自己的莽撞與不自量力，調整了日後的人生規劃，然後就這麼出乎意料地，在一片泥淖中，緩緩開闢出了自己想走的路。

　　自由和孤獨，原來其實正反相生。過去我以為自由即快樂，不過是因為在我身後有兩個堅實的後盾，替我扛下現實生活的苦悶。我知道自己仍是棵不夠頂天立地的樹

木，偶爾還是會因不敵風雨而搖搖晃晃，可是謝謝爸媽，在我無數個只考慮到自己的決策中，給了我無條件的首肯。我想，這世界上或許再也沒有第二份這樣的愛了，就對這樣獨一無二的存在萬般感恩。

　　或許愛也和自由一樣，不是只有好的部分，我們也曾經有恨，有不滿，有過大動干戈的時刻，但這都不妨礙我愛著他們。

　　以後一定也會不時感到寂寞的，可是不用擔心，因為我相信，無論我走到世界的哪個角落，他們都不會讓我流離失所。我會一直將這樣炙熱的愛懸掛於心，然後努力地，像是爸媽保護我一樣，好好看顧我自己。

　　獻給我的父母，我愛你們。

　　　　　　　　　　　讓我在你心房安居

後記：
不換人稱說故事

終於寫完了。

從擬大綱到正式完工，大概花了一世紀這麼久。因為是第一本書，所以什麼都慎重其事，延宕多時，我總算做到了。

擬好大綱後沒多久，正好在一門名為「西洋文學概論」的課中，讀到了但丁的《神曲》，全書由但丁帶著讀者依序遊歷地獄、煉獄與天堂三個部分，共計一百個詩章，平均分配下來，但丁還多留了一章給地獄。書中犯過罪愆的人必須先在地獄受罰，而煉獄則是地獄與天堂之間

的過渡，緊接著善人才會聚集在天堂，然而神奇的是，但丁在天堂的詩章之中，運用了多種矛盾的語言描寫天堂之景，在在表現出語言用來形容美好事物的侷限性。

　　我不由得對照我寫的大綱，總覺得在概念上似乎不謀而合。或許是我高攀了但丁，但我總默默地將這本書視為我的《神曲》。第一章「你」寫衰敗的情感、破碎的回憶、心痛、失戀、傷害與被傷害，第二章「我」寫期待、嚮往、追尋與奮鬥，第三章「他」寫的就是惦記，那些美好與不可言喻。

　　而關於章節名稱的由來，且讓我娓娓道來。
　　寫作對我來說，終究是件害羞的事。
　　要挖開我內心最深的地方，要掉進幽深的洞穴，要說那些平常看不出來會從我口中冒出的話──那些真心話。
　　要去承認自己需要誰，承認自己曾經受傷，承認走過的路，承認自己愛過誰，承認自己沒有放下，承認自己仍然會想起，承認自己的脆弱、不安、自卑，承認在若無其事的外表之下不堪一擊的自己。

因為太過害怕赤裸，所以在開始寫作的初期，我總是用第三人稱書寫很多自己內心的聲音，那時候我寫下了許多篇「換個人稱說故事」，因為著實太過彆扭，害怕被認出，卻又想被讀懂，於是只能透過假託別的人稱帶入自己的故事，才得以誠實。然而這次，我不換人稱了，我想要試著老老實實地寫下發生在我身上的故事，我想要回到開始在網路上寫作的根源，和每個素昧平生的人開誠布公地分享我的生命。

如果這些情感能帶給你一點寬慰，就太好了。

再說一件事。

前陣子再看了一次《我想吃掉你的胰臟》，還是忍不住落淚了。

裡頭有一句台詞是這麼說的：「因為我很脆弱，所以才讓家人朋友們一同陷入了悲傷之中。」

想了想，我好像也一直都是個脆弱得必須依靠他人才能走到今天的人。

成長的過程裡總是有很多人對我伸出了手，熟識的、

陌生的……有時候我滿是愧疚，因為我沒有辦法像他們接住我一樣完好地接住對方，總是做得不夠好，總是虧欠，總是不夠即時。

心裡的很多感恩不知道何去何從，或許我只能把這一切寫下來吧。記念我生命裡每一場，美好得無與倫比的相遇。

我始終很喜歡地球科學裡有關化石的概念，好像要足夠堅硬、足夠重要才足以被地層留下，在寫這本書時我也深刻感受到，故事裡的人物都是沉積在我腦海中的化石。不一定會繼續存在於我的世界，但永遠無法抹滅。

我在這裡完整了自己。儘管還是羞於被認識的人知悉我的脆弱，我還是很用力地，在承認這一切了。

最後，這本書獻給我的摯友禾日。十年了，謝謝你始終陪在我身邊。

也想謝謝我的父母與哥哥、愛人、親朋好友與老師，當然還有我的讀者、出版社與編輯，以及希的催稿室，沒有你們的督促與支持，我絕對走不到這裡。

我愛你們。

微文學 59

讓我在你心房安居

作　　　者 — 沈希默
副 主 編 — 朱晏瑭
封面設計 — 張巖
內文設計 — 張巖
攝　　　影 — 沈希默
行銷企劃 — 謝儀方

總 編 輯 — 梁芳春
董 事 長 — 趙政岷
出 版 者 — 時報文化出版企業股份有限公司
　　　　　 108019 臺北市和平西路 3 段 240 號
發行專線 — (02)23066842
讀者服務專線 — 0800-231705、(02)2304-7103
讀者服務傳真 — (02)2304-6858
郵　　　撥 — 19344724 時報文化出版公司
信　　　箱 — 10899 臺北華江橋郵局第 99 信箱
時報悅讀網 — www.readingtimes.com.tw
電子郵件信箱 — yoho@readingtimes.com.tw
法律顧問 — 理律法律事務所 陳長文律師、李念祖律師
印　　　刷 — 勁達印刷有限公司
初版一刷 — 2023 年 12 月 22 日
定　　　價 — 新臺幣 330 元

（缺頁或破損的書，請寄回更換）

時報文化出版公司成立於 1975 年，並於 1999 年股票上櫃公開發行，
於 2008 年脫離中時集團非屬旺中，以「尊重智慧與創意的文化事業」為信念。

讓我在你心房安居 / 沈希默作 . -- 初版 . -- 臺北市：
時報文化出版企業股份有限公司, 2023.12　面；　公分
ISBN 978-626-374-731-9 (平裝)

863.55　　　　　　　　　　　　　　　　112020839

ISBN 978-626-374-731-9　　Printed in Taiwan